왓 어 원더풀 월드

왓 어 원더풀 월드

What a Wonderful World

정진영 장편소설

북레시피

몇 해 전 가을, 영산강자전거길을 따라 자전거로 여행할 때의 일이다. 나는 죽산보를 지나 강을 따라 몇 킬로미터쯤 달리다가 물을 마시려고 갓길에 잠시 자전거를 세웠다. 아무도 오가지 않는 고요한 길에 서늘한 바람이 불었다. 나는 눈을 감은 채 온몸으로 바람을 느꼈다. 풀내음이 바람에 은은하게 스며들어 있었다. 문득 살아 있다는 건 그 자체로 참 좋은 일이라는 생각이 들었다. 나는 그때 느낀 기분을 논리적으로 설명할 수 없다. 설명할 수 없는 것을 표현할 방법은 소설뿐이었다.

문희주, 박상익, 오제일, 우희철, 이재유, 임정연 님은 자신의 이름을 기꺼이 내주며 소설에 생기를 불어넣어줬다. 렌탈하우스 '레이지마마' 이연희 대표의 후의 덕분으로 멋진 공간에서 제주의 아름다운 봄을 경험하며 집필 작업을 마무리했다. '제1독자'인 아내 박준면 배우가 원

고를 꼼꼼하게 검토해줘 디테일을 놓치지 않을 수 있었다. 그리고 이 소설을 쓸 수 있게 해준 아라자전거길, 한강자전거길, 새재자전거길, 낙동강자전거길, 금강자전거길, 영산강자전거길, 섬진강자전거길, 오천자전거길, 동해안자전거길, 제주환상자전거길에 감사하다. 지난 몇 년간 자전거길 위에서 진심으로 행복했다.

2024년 봄, 선흘리에서

정진영

차례

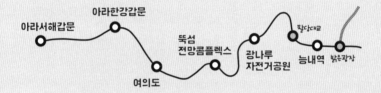

아라한강갑문

아라서해갑문

뚝섬
전망콤플렉스

광나루
자전거공원

팔당대교

여의도

능내역

밝은광장

첫째 날

"다들 지갑 꺼내 테이블에 올려."

오제일 사장의 목소리에 불안감이 섞여 있었다. 나를 포함해 출근하자마자 사장실로 호출당한 직원 다섯 명은 지갑을 테이블 위에 올리며 영문을 모르겠다는 표정을 지었다. 오제일은 다급하게 지갑 하나를 열어 무언가를 꺼내 확인했다. 오제일이 지난주 금요일 퇴사한 문희주 과장의 환송 회식 때 직원들에게 나눠준 로또 복권이었다. 복권에는 7부터 12까지의 숫자가 차례로 적혀 있었다.

우희철 대리가 오제일이 복권만 꺼내고 팽개친 자신의 지갑을 가리키며 볼멘소리를 했다.

"지금 뭐 하시는 겁니까? 왜 남의 지갑을 함부로 뒤지세요!"

우희철의 항의를 무시한 채 다른 지갑을 뒤지던 오제일이 움직임을 멈췄다.

"이 지갑 누구 거야?"

나는 잠시 눈치를 보다가 말없이 손을 들었다.

"박상익, 넌 내가 준 로또 어디에 뒀냐?"

13, 14, 15, 16, 17, 18……. 나는 복권에 적혀 있던 황당한 번호를 순서대로 떠올리며 말을 더듬었다.

"꽝이어서 버렸죠. 왜 그러세요?"

나를 의심스러운 눈빛으로 바라보던 오제일이 다른 지갑을 가리켰다.

"이 지갑은 누구 거야?"

심준호 대리가 대꾸 없이 뒷주머니에 지갑을 챙겼다. 오제일이 심준호에게 눈을 흘겼다.

"너는 로또 어디에 뒀어?"

심준호가 어이없다는 듯 쓴웃음을 흘렸다.

"저도 꽝이어서 바로 버렸습니다."

이재유 주임이 자신의 지갑을 집어 들어 로또를 꺼내 오제일의 눈앞에 따지듯이 보여줬다. 로또에 적힌 번호는 19부터 24까지였다.

"이 말도 안 되는 번호가 설마 당첨이 됐겠습니까?"

첫째 날

오제일이 마지막으로 남은 지갑을 뒤지며 김용범 주임에게 물었다.

"이건 네 지갑이지? 너도 꽝이어서 버렸냐? 번호 기억 나냐?"

김용범은 쭈뼛거리며 자기 지갑을 집어 들었다.

"확실치는 않은데, 31부터 36까지였던 것 같은데요?"

오제일이 직원들에게서 확인한 로또 복권의 당첨 번호 조합은 성의 없다는 표현이 성의 있게 느껴지는 수준이었다. 오제일이 자신의 지갑에서 로또 복권을 꺼내 테이블 위에 올렸다. 복권에 적힌 번호는 1부터 6까지였다. 오제일이 내게 물었다.

"네가 버린 로또에 적혀 있던 당첨 번호 기억하냐?"

나는 소심하게 테이블 위에 놓여 있는 복권들을 가리켰다.

"저렇게 여섯 개의 숫자가 쭉 적혀 있었는데요?"

"심준호 너도?"

심준호는 귀찮다는 표정을 지으며 오제일의 시선을 피했다.

"네."

오제일은 입을 굳게 다문 채 두 손을 깍지 꼈다. 오제일은 직원에게 지시를 내릴 때 이유를 절대 먼저 말하지 않는 습관을 가지고 있었다. 이유를 묻는 쪽은 늘 직원일 수밖에 없었다. 직원이 조심스럽게 이유를 물으면, 그것도 파악하지 못했느냐는 핀잔만 돌아오기 일쑤였다. 오제일의 이런 습관은 직원을 불안하게 만들어 마치 죄지은 사람이라도 된 듯 착각하게 했다.

직원 누구도 먼저 입을 열지 않았다. 오제일은 할 말이 없느냐는 듯 직원들에게 차례로 시선을 던졌다. 나는 오제일의 따가운 시선을 억지로 견뎠다. 다른 직원도 마찬가지였다. 오제일은 다리를 심하게 떨며 초조함을 감추지 못했지만, 직원들의 침묵은 계속됐다. 벽시계에서 초침이 움직이는 소리가 점점 또렷하게 들렸다. 사장실 문이 열리는 소리가 팽팽한 분위기를 깼다. 모두의 시선이 일제히 문으로 향했다. 임정연 주임이 문틈으로 어색하게 눈인사를 하는 모습이 보였다. 오제일의 표정이 일그러졌다.

"너는 왜 늦게 출근해?"

"정시 출근이 늦은 건 아니죠?"

오제일은 임정연을 위아래로 훑어보며 혀를 찼다.

"쯧쯧. 너는 회사가 놀이터냐? 무슨 추리닝 바람으로 출근을 해?"

남색 트레이닝 바지에 긴팔 회색 후드티, 그리고 백팩. 임정연의 옷차림은 사실 출근 복장이라고 보기에는 지나치게 성의가 없었다. 임정연은 오제일에게 아무런 대꾸도 하지 않고 내 옆 빈자리에 앉았다. 오제일은 말없이 언짢은 표정을 지으며 임정연을 외면했다. 직원들에게는 막말을 일삼으면서 이상하게도 임정연에게만큼은 싫은 소리를 대놓고 하지 못하는 오제일이었다. 그 때문에 둘이 그렇고 그런 사이가 아니냐는 소문이 사내에 살짝 돌았지만, 그렇게 몰아가기에는 서로를 바라보는 눈빛이 지나치게 건조했다. 의심을 살 만한 행동이 직원들의 눈에 띈 일도 없었다. 그렇다고 대놓고 둘이 무슨 사이냐고 물을 수 있는 직원도 없었다. 사내에서 오제일에게 감히 그런 질문을 던질 강심장은 부인인 노혜림 부사장뿐이었고, 동료 직원과 사적인 대화를 잘 나누지 않는 임정연은 말 붙이기가 어려운 상대였다. 임정연이 내 어깨를 툭툭 쳤다.

"상익 씨, 사장님이 왜 부른 거예요?"

나는 임정연의 얼굴을 슬쩍 곁눈질했다. 드라마 〈더 글로리〉에서 빌런 '박연진'을 연기한 배우 임지연을 은근히 닮은 얼굴이 예뻐 가슴이 덜컹했다. 나는 오제일의 눈치를 살피며 조용히 답했다.

"지난주 저희에게 나눠주신 복권 때문에요."

임정연이 기가 막힌다는 듯 코웃음을 쳤다. 이에 오제일이 발끈하며 임정연을 노려봤다.

"넌 뭐가 웃겨?"

임정연이 지갑에서 복권을 꺼내 테이블 위에 올렸다. 임정연의 복권에는 37부터 42까지의 숫자가 적혀 있었다.

"사장님, 설마 이런 번호를 적은 로또가 당첨될 거라고 생각하신 거예요? 지구가 멸망하는 날이 와도 그런 일은 안 생기겠네요."

임정연이 자신의 복권을 구겨 쓰레기통으로 던졌다.

"그리고 나눠줬으면 끝이죠. 당첨됐으면 도로 빼앗으려고요? 그거 법적으로 불가능해요."

오제일의 표정이 일그러졌다. 임정연이 오제일을 바라보며 약 올리듯 고개를 까딱거렸다.

"우리 사장님 꼰대에 쪼잔한 건 이미 알고 있었지만, 이 정도로 심각하게 쪼잔하신 분인 줄은 미처 몰랐네요."

"너 그 입 다물지 못해!"

나는 놀라 눈빛으로 임정연을 만류했지만 소용없었다.

"상식적으로 생각해보세요. 로또에 당첨됐으면! 지금이 누추한 자리에 있겠어요? 나라면 벌써 당첨금부터 찾으러 갔겠다!"

"야! 조용히 해!"

오제일이 주머니에서 휴대전화를 꺼내 어디론가 전화를 걸었다. 잠시 후 오제일이 휴대전화를 테이블 위에 떨어트리듯 내려놓으며 탄식했다.

"하아…… 문희주 그 새끼구나……."

첫째 날

문희주의 퇴사는 회사의 성의 없는 태도 때문에 벌어진 결과였다. 한 달 전 직장암으로 투병해온 문희주의 어머니가 세상을 떠났다. 아버지를 여읜 지 오래인 데다 형제자매도 없어서 빈소는 썰렁했다. 회사의 대응은 직원을 통해 보낸 조의금 10만 원이 전부였다. 오제일은 단 한 번도 빈소에 들르지 않았다.

　공교롭게도 문희주의 어머니 빈소 옆에 한 시의원 어머니의 빈소가 차려졌고, 각계의 높으신 분들이 보낸 화환이 줄이어 들어왔다. 수많은 화환 중 가장 화려한 화환은 지역구 국회의원이 보낸 것이었다. 문희주는 조문객들로 꽉 차 시끄러운 옆 빈소와 길게 늘어선 화환을 물끄러미 바라보며 퇴사를 결심했다고 내게 고백했다. 오제일은 상을 치르고 돌아오자마자 사직서를 내미는 문희주에게 노발대발했다.

　"너랑 나랑 여기서 함께 보낸 세월이 7년이야. 그런데 어떻게 상의도 없이 이렇게 무책임하게 사직서를 들이밀어? 우리가 이것밖에 안 되는 사이였냐?"

　문희주는 쓸쓸하게 웃었다.

　"그러게요. 우린 이것밖에 안 되는 사이라는 걸 너무 늦게 알았습니다."

　1년도 다니지 않고 퇴사하는 직원이 부지기수인 회사에서 문희주는 근속연수가 긴 몇 안 되는 직원 중 하나였다. 다른 직원은 몰라도 문희주만은 늘 그 자리에 있을 줄 알았는지 오제일은 꽤 충격을 받은 모양이었다. 오제일은 직원들에게 늘 그래왔듯이 문희주를 윽박질렀지만 아무런 효과가 없었다. 문희주가 빠지면 생길 업무 공백을 떠올리자 오제일은 아찔해졌다. 뒤늦게 승진과 연봉 인상을 제안했지만, 문희주의 태도는 요지부동이었다. 허술한 회사에서 그나마 단단한 허리였던 문희주가 퇴사한다는 말이 돌자 사내 분위기가 뒤숭숭해졌다.

문희주의 마음을 되돌릴 수 없음을 깨달은 오제일은 회사 분위기라도 다잡으려고 환송 회식을 공지했다. 오제일은 지금까지 단 한 번도 떠나는 직원을 위한 자리를 마련해주지 않았다. 하지만 문희주처럼 장기 근속한 사원을 그냥 보내면 회사 분위기가 엉망이 되리란 걸 모를 정도로 멍청하진 않았다. 문제는 환송 회식을 해본 일이 없다보니 장소를 정하는 일부터 엉망이었다는 점이다.

회식 장소는 회사에서 20분 정도 차를 타고 나가야 하는 곳 부근의 고기 뷔페였다. 그곳이 회식 장소로 정해진 이유가 회사에서 가장 가까운 고기 뷔페이기 때문이란 걸 모르는 직원은 아무도 없었다. 오제일은 문희주를 앞에 두고 퇴사 결정을 번복할 생각이 없느냐고 귀찮게 물었다. 문희주는 오제일의 제안을 억지 미소로 거부함과 동시에, 고기를 구워 오제일의 앞접시에 담아주느라 젓가락질조차 제대로 하지 못했다. 마련하지 않느니만 못한 환송 회식 자리였다.

환송 회식은 1차로 끝났고, 오제일을 상대하느라 끼니를 제대로 때우지도 못한 문희주는 후배 직원을 모아 가까운 호프집으로 향했다. 눈치 없이 쫓아온 오제일이 문희주의 앞을 가로막았다.

"너 정말 나갈 거야?"

문희주는 차갑게 말했다.

"네."

오제일은 마치 웅변이라도 하듯 과장된 몸짓과 손짓을 하며 큰소리를 쳤다.

"내가 장담하는데, 우리 여산정공! 곧 중견 가고! 대기업 간다! 동종 업체들이 추풍낙엽처럼 쓰러지던 시절에도 버텨서 살아남은 회사야. 앞으로 내가 너 확실히 키워준다. 너 지금 나가면 7년 세월 버리는 거라니까?"

참다못한 문희주가 후배 직원들을 가리키며 목소리를 높였다.

"이렇게 신입만 한 바가지에 제대로 된 관리자 하나 없고, 아무런 비전 없이 인건비 따먹기 사업으로 겨우 버티는 회사가 참 오래가겠습니다. 우리 회사, 아니 사장님 회사인 여산정공이 중견 가고 대기업 간다고요? 내 장담하는데, 로또 1등에 당첨될 확률이 그보다 훨씬 높을 겁니다."

"뭐 인마? 너 딱 기다려!"

오제일이 주위를 둘러보더니 근처 편의점으로 들어갔다. 우희철이 문희주의 어깨를 툭툭 치며 물었다.

"과장님, 지금 무슨 상황이에요?"

"낸들 아냐?"

잠시 후 편의점에서 나온 오제일이 직원들을 편의점 앞 테이블로 불러 모았다. 오제일은 대충 접은 종잇조각 여러 개를 테이블 위에 뿌렸다. 문희주가 오제일에게 물었다.

"뭡니까?"

"로또. 나까지 포함해서 여덟 명 맞지? 하나씩 가져가라."

접힌 복권을 하나씩 집어 들어 번호를 확인한 직원들이 일제히 어이없다는 표정을 지었다. 임정연이 오제일에게 복권을 흔들어 보이며 실소를 터트렸다.

"사장님, 진심으로 이 번호가 당첨될 거라고 생각하세요?"

오제일이 문희주를 바라보며 진지한 목소리로 말했다.

"너 만약 로또 1등에 당첨되면 무조건 우리 회사로 돌아오는 거다. 알았냐?"

문희주가 답답한 표정으로 말없이 하늘만 올려다봤다. 오제일이 문희주에게 대답을 재촉했다. 그러자 문희주는 노상 주차장에 세워진 검은색 메르세데스-벤츠 G클래스 차량을 가리키며 비웃었다.

"제가 만약 1등에 당첨되면 말이죠, 회사로 돌아오는 것은 물론! 저 차까지 사장님께 선물로 한 대 빼드리죠."

우희철이 테이블 위에 놓인 복권을 가리키며 호들갑을 떨었다.

"문 과장님이 1등에 당첨되셨다고요? 정말요?"

오제일이 힘없이 탄식했다.

"아무래도, 그 녀석이 내 평생 운을 다 가져간 모양이다."

아무 말 없이 눈치만 보던 김용범이 재빨리 휴대전화로 1등 당첨 번호를 확인했다.

"1, 2, 3, 43, 44, 45. 희한하네요. 여기에 있는 로또처럼 여섯 개의 숫자가 차례로 연결된 번호가 아닌데요?"

오제일이 지갑에서 로또 용지 여러 장을 꺼내 테이블 위에 펼쳐 보였다.

"내가 적은 번호 맞아. 그때 회식 끝나고 모여 있던 사람이 나를 포함해 모두 여덟 명이었지. 그래서 로또를 여덟 장 샀는데, 번호 적기가 귀찮아서 1부터 차례대로 숫자를 여섯 개씩 끊어 적었어. 마지막 여덟 번째 로또를 적을 때 숫자 세 개가 모자라더라."

오제일이 로또 용지 하나를 가리키며 말을 이었다.

"로또는 1부터 45까지만 체크할 수 있잖아. 46, 47, 48

은 없어. 그래서 마지막 번호를 적을 때 이렇게 43, 44, 45를 체크한 다음 다시 1, 2, 3을 체크했어. 그런데 지금 여기 있는 사람 중엔 당첨자가 없어. 그러면 누가 당첨자겠냐? 하아…… 진짜 씨발 좃같네."

사장실에 모인 직원 모두가 경악했다. 김용범이 휴대전화로 당첨금액을 확인하며 신음했다.

"36억 6,048만 2,625원. 세금 떼면……."

오제일이 김용범의 말을 끊었다.

"33퍼센트 세금 떼고 24억 8,552만 3,689원. 솔직히 희주가 그 돈을 다 먹는 건 아니지 않냐? 내가 직접 번호를 적어서 선물로 준 로또잖아. 근데 희주 이 새끼 연락 안 된다. 당첨된 거 알고 벌써 잠수 탄 거지."

임정연이 오제일에게 딴죽을 걸었다.

"로또를 과장님께 넘긴 이상 끝난 건데, 사장님께서 아쉬워할 일은 아니죠. 법적으로 따져봤자 사장님껜 아무런 권리도 없을걸요?"

오제일이 흥분해 두 손으로 테이블을 쳤다.

"나도 알아! 안다고! 근데 솔직히 이건 아니잖아! 너라면 억울하지 않겠냐? 강남 아파트 한 채 가격이 걸린 일인데? 그리고 법으로 따지고 들면 그 새끼도 나한테 차를 사줘야지. 뉴스 찾아보니까 구두 약속도 계약의 효력이 있다는 판례가 있더라. 분명히 희주가 나한테 1등 당첨되면 지바겐을 사준다고 약속했어. 너희도 들었잖아? 돈은 못 받아도 차는 받아낼 수 있어. 안 그래?"

인간이 저렇게 밑바닥을 보일 수가 있구나. 나를 포함한 직원들의 얼굴에 환멸이 스쳐 지나갔다. 우희철이 오제일에게 따져 물었다.

"그래서 뭐 어쩌라는 말입니까? 과장님을 찾아내서 당첨금을 빼앗기라도 하시려고요?"

오제일이 핏발 선 눈으로 우희철을 노려봤다.

"지금 당장 문희주 그 새끼를 찾아내."

"연락도 안 되는 사람을 무슨 수로 찾아요?"

"야! 그냥 시키면 해! 까라면 까! 찾으라고! 나 돌아버리는 꼴 보고 싶어?"

꼰대를 넘어 시대착오적인 오제일의 태도에 모두가 어처구니가 없다는 표정을 감추지 못했다. 나는 구겨진 표정을 감추려 고개를 숙였다. 우희철이 주머니에 두 손을 꽂으며 바닥에 침을 뱉었다. 오제일이 우희철의 멱살을 잡았다.

"너 인마, 진짜 죽고 싶어?"

우희철이 오제일의 손목을 꺾었다.

"야! 우희철! 너 이거 안 놔!"

"오제일 씨, 말은 바로 하시죠. 내가 갈 데가 없어서 못 가는 게 아닙니다. 이 바닥에선 다른 곳도 여기와 다를 바 없으니까 굳이 움직이지 않을 뿐이죠. 그건 연봉을 올려주겠다고 속여서 나를 이 회사로 데려온 당신이 더 잘 알잖아!"

우희철이 오제일의 손목을 놓으며 앞으로 밀쳤다. 오제일이 손목을 문지르며 우희철에게 소리쳤다.

"야 인마! 속이긴 누가 속여! 내가 너 데려올 때 연봉 안 올려줬어? 어디서 말도 안 되는 소리를 지껄여!"

우희철의 낯빛에 짜증이 물들었다.

"네, 네, 올려주신 건 맞죠. 연봉 200만 원 올려 3,400만 원. 그것도 회사 사정이 안 좋다고 사정하며 300만 원에서 100만 원 깎으셨죠? 그런데 말입니다. 우리 회사, 아니 사장님 회사는 성과급도 없고 포괄임금제*를 핑계로 야근수당도 제대로 안 챙겨주지 않습니까. 실수령액은 전 직장보다 오히려 줄어든 거 아세요? 그리고 말이죠……."

오제일이 다급하게 우희철의 말을 막았다.

"너 인마! 연봉 비밀 유지 의무 몰라? 어디서 함부로 자기 연봉을 까!"

우희철은 어이없다는 표정을 지으며 오제일에게 손가락질했다.

---

* 연장, 야간근로 등 시간외근로에 대한 수당을 급여에 포함시켜 일괄 지급하는 임금제도.

"연봉 비밀 유지 의무요? 여기 누가 서로 연봉을 모릅니까? 신입사원은 최저임금! 진급과 상관없이 매년 100만 원 인상! 혹은 동결! 그 어떤 수당도 없음! 이게 무슨 비밀이라도 됩니까!"

나는 우희철의 말에 동의하며 소심하게 고개를 끄덕였다. 나 역시 회사의 연봉 뻥튀기 피해자였기 때문이다.

내가 자동차 부품 제조업체인 이 회사에 품질관리직으로 입사할 당시, 채용공고에 적혀 있던 연봉은 3,000만 원이었다. 별다른 스펙이 없는 지방사립대 문과 출신인 내가 문을 두드릴 만한 일자리는 그리 많지 않았다. 중소기업의 영업직 정도가 그나마 열려 있었고, 사무직은 어느 곳이나 경쟁률이 치열했다.

내 스펙에 이 정도 연봉을 주는 직장이 어디냐는 생각에 감사한 마음으로 입사했지만, 그 마음은 곧 사그라졌다. 계약서에 적힌 내 연봉에는 청년내일채움공제* 만기 공제액이 포함돼 있었다. 내 2년 치 연봉에서 만기 공제

---

* 만 15세 이상 34세 이하 미취업 청년의 중소기업 유입을 촉진하고, 청년 근로자의 장기근속과 자산 형성을 지원하기 위해 2016년 7월부터 시행 중인 제도. 5인 이상 중소기업에 취업한 청년이 2년간 300만 원을 적립하면 정부가 600만 원, 기업이 300만 원을 공동 적립해 만기 시 1,200만 원의 목돈을 수령할 수 있다. 고용노동부는 계속사업이던 이 공제를 2025년까지 한시사업으로 전환했다.

액 1,200만 원을 빼면, 회사가 2년 동안 내게 실제로 지급하는 임금 총액은 4,800만 원이었다. 이를 연봉으로 환산하면 2,400만 원으로 최저임금 연봉 수준에 불과했다. 여기서 공제 자부담 금액 300만 원을 빼면 사실상 최저임금보다도 낮았다. 나는 입사 후에야 이 사실을 깨닫고 분통을 터트렸지만, 퇴사도 쉽지 않았다. 청년내일채움공제는 자진 퇴사할 경우 재가입이 어렵기 때문이었다. 내가 1,200만 원을 온전히 받으려면 2년 동안 무조건 참고 출근하는 수밖에 없었다.

　오제일은 이런 점을 악용해 신입사원을 그야말로 노예처럼 부렸다. 계약서에 적힌 근로시간이 제대로 지켜지는 날은 거의 없었다. 업무는 그리 어렵지 않았다. 생산된 제품을 3차원 측정기로 검사해 데이터를 확인한 후 스펙에서 벗어났음을 확인하면 생산관리 담당에게 알리는 게 전부였다. 문제는 그 과정이 끝없이 반복됐다는 점이다. 거의 매일 야근이었다. 공장이 돌아가면 자동으로 품질관리도 출근해야 했기에 주 6일 근무가 격주로 이뤄졌다. 오후 11시를 넘겨 퇴근하는 일이 다반사였고, 공정감사 기간에는 새벽 2~3시 퇴근이 반복됐다. 퇴근하면 침대에 쓰러져 모자란 잠부터 보충해야 다음 날을 버틸 수 있었다. 포괄임금제를 이유로 야근수당이나 특근수당 지급도 없었다.

무엇보다 답답했던 건 회사가 자리 잡은 공단이 도심과 멀리 떨어져 있다 보니, 퇴근 후 영화 감상을 하러 가기는커녕 근처에서 술 한잔 마실 곳도 마땅치 않다는 점이었다.

가장 힘든 일은 고객사 대응이었다. 불량품이 하나라도 나오면 직접 와서 선별하라는 고객사의 항의가 어김없이 뒤따랐다. 고객사는 내가 가까운 곳에 있든 먼 곳에 있든 일단 호출부터 했다. 심지어 회사가 있는 용인에서 고객사가 있는 부산까지 일주일에 세 차례나 왕복한 일도 있었다. 생산팀은 내가 품질 검사를 꼼꼼히 하면 납기를 맞추기 어렵다고 으름장을 놓으면서도, 고객사의 항의는 모른 척하며 내게 떠넘겼다. 내가 만든 물건도 아닌데, 욕을 먹고 대책서를 작성하는 역할은 늘 내 몫이었다. 한숨으로 시작해 한숨으로 끝나는 하루가 반복됐다. 내가 아무리 별 볼 일 없는 놈이어도, 내가 받는 연봉이 업무 강도에 비해 턱없이 낮다는 불만이 마음속에 층층이 쌓였다. 전임자들이 1년도 버티지 못하고 줄줄이 퇴사한 이유가 있었다. 나는 반년만 더 버텨 근속기간 2년을 채운 뒤 공제금을 받고 퇴사할 작정이었다.

우희철은 점퍼 안주머니에서 봉투를 꺼내 테이블 위에 던지듯 내려놓았다. 봉투 겉에는 '사표'라는 글자가 악필로 적혀 있었다.

"저 오늘까지만 출근합니다. 그 말을 하려고 회사에 나온 거니까 사표 바로 수리해주시고요. 퇴직금은 제때 계좌에 입금하세요. 지급기한 내에 안 들어오면 바로 노동청으로 갑니다."

오제일이 화를 참으려고 숨을 골랐다.

"야, 우희철. 네가 여기서 깽판 치고 나갔다는 거 소문나면 다른 곳에서 받아줄 것 같아? 이 바닥 좁다. 소문 빨리 돌아. 그건 너도 잘 알지?"

우희철이 바닥에 또 가래침을 뱉었다.

"그러고 보니 전 직장 사장님도 제가 퇴사할 때 사장님과 똑같은 말씀을 하시더라고요. 그랬던 분이 제게 사람이 없으니 돌아오면 안 되겠냐고 급하게 전화를 주시네요? 연봉도 더 올려주겠다면서. 이 바닥이 얼마나 좁고 사람이 없으면 제게 그런 연락이 다 오겠습니까."

수세에 몰린 오제일이 말을 더듬었다.

"그, 그래서, 뭐! 뭐! 얼마나 더 준다는데?"

우희철은 어깨를 으쓱거리며 자리에서 일어났다.

"연봉 비밀 유지 의무 모르십니까? 아무튼! 저는 갑니다. 과장님을 찾든 말든 남은 사람들끼리 알아서 하십쇼. 내 알 바 아니니까."

오제일이 두 손으로 테이블을 내리치며 소리쳤다.

"천만 원!"

첫째 날

사장실에서 나가려고 문고리를 잡던 우희철을 포함해 모두의 시선이 오제일의 입으로 집중됐다. 오제일이 자리에서 일어나 바지 허리춤을 추켜올리며 나지막하게 말했다.

"누구든지 문희주 그놈 찾아서 내 앞에 데려오면 연봉 천만 원을 올려준다."

임정연이 주머니에서 휴대전화를 꺼내 녹음기 앱을 실행했다.

"사장님, 그 말씀 다시 한번 해주세요."

"너는 또 뭐 하는 짓이야!"

우희철이 오제일의 책상 옆에 쌓인 이면지 중 한 장을 가지고 와 테이블 위에 올렸다.

"확실하게 각서를 남겨주세요. 문희주 과장님을 찾아오는 사람에게 연봉 천만 원을 올려주겠다고."

우희철은 오제일에게 볼펜을 내밀며 각서 작성을 재촉했다.

"희철아, 꼭 이렇게까지 해야겠냐?"

"말은 언제든지 바뀔 수 있지 않습니까. 제가 한두 번 속았어요?"

오제일은 우희철을 노려보며 말없이 끙끙거렸다. 그러곤 볼펜을 만지작거리다 마지못해 이면지에 우희철이 요구한 내용을 끼적였다. 임정연은 그 모습을 동영상으로 촬영하며 각서의 내용을 따라 읽었다.

"여산정공 오제일 사장은 문희주 과장을 찾아 회사로 데려오는 직원의 연봉을 천만 원 인상한다. 사장님, 언제까지 찾아와야 하죠?"

오제일은 임정연의 질문에 대꾸하지 않고 각서에 '오늘부터 일주일 안에'라는 문구를 추가로 적었다. 임정연이 오제일에게 재차 물었다.

"구체적으로 그날 몇 시까지 찾아와야 하죠?"

오제일은 짜증을 참지 못하고 소리를 질렀다.

"왜 이렇게 말귀를 못 알아들어!"

임정연의 대응은 차분했다.

"그러니까 다음 주 이 시간까지라는 말씀이시죠?"

"그래! 그리고 찾았는데 회사로 데려오기 어려우면, 일단 붙잡아 두고 나한테 연락해. 내가 직접 그리로 갈 테니까."

"한 가지만 더 약속해주세요. 절대 먼저 연락해서 닦달하지 마세요. 단서를 찾으면 어련히 알아서 연락할 테니 느긋하게 기다리세요. 재촉하면 될 일도 안 되니까?"

"내가 무슨 빙다리 핫바지냐? 말이 되는 소리를 해!"

"싫으면 그만두시든가요."

임정연은 당장 사장실에서 나갈 것처럼 자리에서 일어나며 직원들에게 말했다.

"다들 사장님이 계속 연락해 압박하는 걸 감수하면서 과장님을 찾고 싶으세요?"

휴대전화에 오제일의 전화번호가 뜨는 상황, 상상만 해도 소름이 끼쳤다. 다른 직원도 나와 비슷한 생각인 듯 말없이 서로 눈빛을 교환했다. 임정연은 미소를 지으며 오제일을 압박했다.

"각서에 직원들한테 연락해 압박하지 않겠다는 문구도 적어주세요."

오제일은 화를 애써 누르며 임정연의 말을 따랐다. 직원들에게 늘 독불장군처럼 구는 오제일이 유독 임정연 앞에선 약한 모습을 보이니 알다가도 모를 노릇이었다. 우희철이 이때다 싶어 말을 보탰다.

"과장님을 찾는 기간은 유급 휴가로 처리해주셔야 합니다."

"이것들이 진짜 가지가지 한다. 알았어!"

돌아가는 상황을 관망하던 이재유가 입을 열었다.

"사장님. 문 과장님을 찾아오면 여기에 있는 모두의 연봉을 천만 원씩 올려주신다는 말씀인가요?"

오제일이 화들짝 놀라 불을 붙이던 담배를 바닥에 떨어트렸다.

"미쳤어? 그 새끼를 찾아오는 사람만!"

오제일의 말에 모두의 표정이 일그러졌다. 직원들의 표

정을 살피던 오제일은 바닥에 떨어트린 담배를 주위들며 입꼬리를 올렸다.

"넷이 함께 그 새끼를 내 앞에 데려오는 데 성공하면 엔빵해서 이백오십만 원씩 연봉을 올려줄게. 셋이서 성공하면 삼백삼십삼만 원, 둘이서 성공하면 오백만 원. 혼자서 찾아오면 천만 원을 혼자 다 먹는 거고. 오케이?"

오제일은 말 몇 마디로 지시를 경쟁으로 만들어버렸다. 모두의 표정이 썩어갔지만 오제일에게 이의를 제기하는 직원은 없었다. 문희주를 찾으면 연봉이 최대 1천만 원이나 오르고, 못 찾아도 딱히 손해 볼 건 없으니 말이다. 오제일은 허리를 뒤로 젖히더니 짐짓 여유로운 척하며 담배 연기를 뿜어냈다.

"다들 뭐 해? 나가서 빨리 그 새끼 찾아. 특별한 상황 생기면 바로 보고하고."

우희철이 먼저 자리에서 일어났고 이재유, 김용범, 심준호, 임정연이 차례로 그 뒤를 따랐다. 나는 맨 뒤에서 임정연의 뒤를 쫓았다.

마지막으로 나온 내가 사장실 문을 닫자, 우희철이 탕비실을 가리켰다.

"일단 저기서 커피 한잔 마시며 어떻게 움직일지 생각해보는 게 어때?"

첫째 날

여섯은 각자 종이컵에 탄 믹스커피를 들고 탕비실 내 원형 테이블에 둘러앉았다. 우희철이 휴대전화를 들여다 보며 혀를 찼다.

"다들 과장님한테 전화해봤어? 안 받지?"

임정연이 한 손으로 턱을 괴며 심드렁하게 말했다.

"저라면 당장 전화번호부터 바꿀 거예요. 이런 구질구 질한 일에 엮이기 싫어서라도."

우희철이 턱으로 나를 가리켰다.

"너는 이따가 인사 담당자한테 가서 과장님 댁 주소 좀 알아봐."

"네. 알겠습니다."

우희철은 떨떠름한 표정을 지으며 이재유에게 물었다.

"너는 과장님과 따로 특별한 이야기 나눈 일 있냐?"

이재유가 우희철을 못마땅한 눈으로 쏘아봤다.

"이보세요. 우, 희, 철, 씨. 내가 그쪽 꼬붕입니까? 당신 이 나보다 직급은 높아도 서로 동갑입니다. 부서도 다르고 요. 어디서 함부로 하대합니까? 여기가 군대입니까? 군대 도 부대가 다르면 서로 계급장 떼고 아저씨라 부르거늘."

우희철은 이재유의 항의를 무시하고 시선을 내게로 돌 렸다.

"이놈의 회사는 계통도 없고 위아래도 없고 참 개판으 로 돌아가. 그치?"

이재유는 우희철이 들으라는 듯 혼잣말을 했다.

"윗물이 좆같은데 아랫물이 멀쩡할 리가 있겠냐."

우희철이 믹스커피가 담긴 종이컵을 테이블에 세게 내려놓았다. 종이컵에서 커피가 반쯤 쏟아져 테이블 아래로 흘러내렸다.

"말이 좀 짧다?"

이재유가 팔짱을 끼며 눈을 치켜떴다.

"꼬우면 계급장 떼고 맞짱 한번 뜨시든가요. 우, 희, 철, 씨."

"어이가 없네. 아주 막가자는 거지?"

임정연이 목소리에 짜증을 섞어 둘을 말렸다.

"시간 남아돌아요? 기운 넘쳐흘러요? 둘 다 유치해서 못 봐주겠네. 그만 좀 해요. 이럴 거면 각자 찢어져서 사람 찾든가요. 지금 뭐 하자는 거예요."

우희철과 이재유는 임정연의 눈치를 보며 마지못해 말싸움을 멈췄다. 어색해진 분위기 속에서 한동안 침묵이 이어졌다.

좋지도 나쁘지도 않았던 우희철과 이재유의 사이가 틀어진 계기는 지난 워크숍 때로 거슬러 올라간다. 말이 워크숍이지 공단보다 더 먼 산골에 있는 펜션으로 자리만 옮긴 회식에 불과했다. 아니, 회식보다도 못한 자리였다.

첫째 날

평일 퇴근 후 벌어지는 회식과 달리, 워크숍은 금요일에 몇 시간 일찍 퇴근해 1박 2일 동안 이어졌으니 말이다. 휴일근로수당 따위는 없었다.

워크숍은 오제일의 개회사로 시작됐다. 그의 가장 큰 자랑은 자신이 국내 최고의 자동차 기업 미래자동차 출신이라는 점이었다. 워크숍에서 늘 그래왔듯이 그는 대기업의 시스템 운영에 중소기업의 순발력을 더하면 일류기업으로 거듭날 수 있다고 일장 연설을 했고, 자신의 연설에 스스로 감동했다.

오제일의 연설이 끝나자 각 부서가 돌아가며 생산 효율성 향상에 필요한 아이디어를 발표했다. 생산 효율성이 점점 떨어지는 이유는 명확했다. 업무량은 많은데 직원은 부족하고 임금도 적다. 오제일의 경영 전략이 마른걸레를 쥐어짜는 게 전부라는 걸 모르는 직원은 없었다. 이 명확한 이유를 사장 앞에서 대놓고 밝히는 부서도 없었다. 개선될 가능성이 보이지 않는데 굳이 먼저 나서서 미운털이 박힐 이유는 없으니 말이다.

게다가 워크숍 도중 오제일은 즉석에서 아이디어를 심사해 1등을 한 부서에는 상품권을 시상했다. 사장이 듣기 원하는 말을 적당히 만들어 포장해 들려주고 콩고물이 떨어지기를 기대하는 게 상책이었다. 그러다 보니 각 부서별 아이디어 발표 시간은 자연스럽게 자아비판이나 오제일을 찬양하는 자리로 변질되곤 했다. 이날 분위기도 마찬가지였고, 가장 자아비판에 충실했던 생산팀이 상품권을 가져갔다. 생산팀장은 봉투에서 상품권을 꺼내 액면가를 확인하더니 아쉽다는 듯 입맛을 다셨다. 생산팀장의 주머니로 들어간 봉투가 다시 밖으로 나왔다는 말은 들리지 않았다.

워크숍의 마지막 순서는 회식이었다. 펜션에 설치된 오래된 노래방 기계를 본 오제일은 우희철에게 노래 한 곡을 불러보라고 지시했다. 그는 몇 번 빼다가 못 이기는 척 노래방 기계 앞에 섰다. 우희철은 사내에서 노래 실력이 꽤 좋기로 유명했다. 어쩌다 회식이 2차로 노래방까지 이어지면, 피날레는 늘 그의 몫이었다. 우희철은 노래방 책자를 보지도 않고 거침없이 번호를 눌렀다. 익숙한 전주가 흘러나왔다. 임재범의 「고해」였다. 그는 오제일을 바라보며 비장한 목소리로 느끼한 멘트를 날렸다.

"저 하늘 위에 별만 있는 게 아닌데, 저 바닷속에 물고기만 있는 게 아닌데, 왜 제 마음속에는 그분만 있는 걸까요. 그분께 노래를 바칩니다."

오제일은 민망한지 손을 내저었고, 여기저기서 야유가 쏟아졌다. 거나해진 직원 하나가 우희철에게 아부는 적당히 하라고 핀잔을 줬다. 우희철은 철 지난 소몰이 창법으로 열창하며 시선을 한 곳에 고정했다. 나는 그 시선을

첫째 날

따라가 봤다. 시선의 끝에 임정연이 있었다. 우희철은 임정연의 환심을 사려는 사내의 여러 남성 직원 중 하나였다. 임정연은 마치 못 볼 것이라도 본 듯 불쾌한 표정을 지었다. 당황한 우희철이 절정 부분에서 삑사리를 냈다. 우희철의 잠재 경쟁자들은 개그 프로그램 방청객처럼 낄낄거렸다. 노래를 엉망으로 마친 우희철이 민망해하며 자리로 돌아오자, 오제일은 탐탁지 않은 목소리로 직원들에게 물었다.

"다음 참가자 없어? 생산팀에서 한 명이 불렀으니 이번에는 영업팀에서 한 명 나와 분위기 좀 띄워봐라."

영업팀장은 신입 직원의 잇단 퇴사로 다시 막내가 된 이재유를 자리에서 일으켰다. 억지로 끌려 나온 티를 내며 노래방 책자를 뒤지던 이재유는 무엇인가 발견한 듯 갑자기 노래방 기계 뒤로 발걸음을 옮겼다. 그는 그곳에서 오랫동안 방치돼 줄에 녹이 슨 통기타를 들고 나왔다. 직원 몇 명이 감탄사를 터트렸다.

"이야! 통기타 라이브를 하는 거야?"

"잠시만 조용히 해주세요. 조율이 필요해서. 죄송한데 사장님, 혹시 100원짜리 동전 가지고 계신가요? 피크가 없어서."

"동전? 재무회계팀 뭐 하나!"

재무회계팀 직원인 임정연이 나와서 이재유에게 말없

이 동전을 건넸다. 이재유는 씩 웃으며 동전을 받았다. 나는 우희철을 살폈다. 그는 팔짱을 낀 채 둘을 곱지 않은 시선으로 바라보고 있었다. 이재유는 동전으로 줄을 튕기며 익숙한 손길로 기타를 조율했다. 직원들은 술잔을 놓고 그 모습을 흥미롭게 지켜봤다. 조율을 마친 이재유가 기타를 연주하기 시작했다. 익숙한 노래의 전주가 몇 마디 울려 퍼지자 직원들의 환호성이 뒤따랐다.

"오! 너에게 난 나에게 넌!*"

기타에서 울려 퍼지는 소리는 초라한 모양새답지 않게 근사했다. 이재유의 목소리는 저음에선 부드럽고 고음에선 청량했다. 후렴부에선 직원들의 떼창이 이어져 콘서트를 방불케 하는 분위기가 연출됐다. 임정연은 고개를 가볍게 끄덕이며 이재유의 노래를 즐겼다. 조금 전 체면을 구긴 우희철은 그 모습을 보고 신경질적으로 잔을 비웠다. 노래를 마친 이재유가 자리로 돌아가려 했지만 직원들은 앙코르를 외치며 놓아주지 않았다.

이재유는 직원들의 반응에 흥이 났는지 버스커버스커의 「여수 밤바다」, 안치환의 「내가 만일」, 김광석의 「일어나」 등 세대를 아우르는 다양한 히트곡을 연주하고 불렀

---

* 그룹 '자전거 탄 풍경'의 히트곡. 2003년 영화 〈클래식〉 주제곡으로 쓰여 많은 인기를 누렸다.

다. 이재유가 조용필의 「여행을 떠나요」를 끝으로 자리로 돌아가려는데 우희철이 손을 들어 그에게 신청곡을 불러달라고 했다.

"어떤 곡을 불러드릴까요?"

"스틸하트의 쉬즈 곤.*"

이재유는 난감해했다.

"제가 부르기에는 무리입니다."

"노래 좀 부른다고 자랑하려면 그 정도는 불러줘야 하는 것 아닌가? 다들 듣고 싶지 않나요?"

부르기 어려운 노래를 억지로 부르게 해 우스꽝스러운 꼴을 만들려는 의도가 보이는 도발이었다. 여러 직원이 우희철의 말에 호응해 손뼉을 치며 이재유의 이름을 외쳤다. 이재유는 우희철을 향해 가소롭다는 미소를 지으며 기타를 내려놓고 노래방 책자에서 신청곡의 번호를 찾아 기계에 입력했다. 스피커에서 전주가 흘러나오자 모두가 숨을 죽였다. 미성으로 노래의 초반부를 가볍게 소화한 이재유는 후렴부에 다다르자 밀도 있는 폭발적인 고음으로 좌중을 압도했다. 직원들은 일제히 탄성을 쏟아냈다. 임정연이 두 손을 머리 위로 흔들며 환호했고 그 모습을

---

* She's Gone. 미국 밴드 스틸하트의 곡으로, 후렴부 폭발적인 고음으로 유명하다.

본 우희철의 표정이 일그러졌다. 내 눈에만 보이는 우스운 삼각관계였다. 노래가 끝나자 오제일은 이재유의 등을 두드리며 흡족해했다.

"이야! 우리 회사 진짜 가수는 여기 있었네!"

이재유는 오제일의 칭찬에 쑥스러워하며 영업팀이 모인 자리로 돌아갔다. 잠시 후 우희철이 술잔을 들고 영업팀으로 자리를 옮겨 이재유 앞에 마주 앉았다. 우희철은 이재유의 빈 잔에 소주를 채우며 그에게 시비조로 말을 걸었다.

"노래 좀 하더라?"

이재유는 억지로 웃으며 잔을 받았다.

"그냥 취미로 부르는 거죠."

영업팀장이 둘 사이의 대화에 끼어들어 주위에 다 들리도록 귓속말을 했다.

"이 주임이 사실 예전에 음악을 했던 친구야. 음반도 낸 적이 있다던데?"

"팀장님!"

이재유는 영업팀장의 말을 막으며 당황했지만, 술에 취한 영업팀장은 개의치 않았다.

"뭐 어때서? 부끄러워할 일인가?"

냉장고에서 소주를 꺼내던 임정연이 영업팀장의 말을 듣고 다가와 이재유 옆에 앉았다.

첫째 날

"원래 음악을 하셨구나. 어쩐지 노래를 잘하시더라."

"보컬은 아니고 기타를 쳤습니다. 저보다 노래를 잘하는 녀석들이 많아서."

"보컬도 아닌데 노래를 그렇게 잘해요? 앨범도 내셨다면서요. 무슨 밴드를 하셨어요?"

이재유는 잠시 주저하다가 입을 열었다.

"스매시라는 밴드에 잠깐 있었습니다."

"스매시! 저 그 밴드 이름 들어봤어요!"

이재유가 주머니에서 조금 전 기타 피크 대신 사용했던 동전을 꺼내 임정연에게 돌려줬다.

"덕분에 아까 잘 썼습니다."

동전을 주고받는 임정연과 이재유의 손끝이 닿았다. 우희철은 그 모습을 외면하며 소주병을 따더니 옆자리에 있던 나를 불렀다.

"너는 뭘 그렇게 힐끔거려? 거기 술 시중들 사람 없으면 여기로 와. 어떻게 된 게 여기에는 선배 잔을 신경 쓰는 후배가 없냐."

나는 쭈뼛거리며 우희철의 옆에 앉았다. 임정연이 담배를 피우고 오겠다며 자리를 비우자, 우희철은 다시 이재유에게 시비를 걸었다.

"재유 씨는 예의가 너무 없는 것 같아. 알지?"

이재유의 얼굴이 굳었다.

"무슨 말씀이신지 모르겠습니다?"

"아까 굳이 선배에게 그런 식으로 망신을 줄 필요는 없었잖아? 적당히 눈치를 봐서 빠지는 게 예의 아닌가?"

"알아듣게 말씀을 하시죠."

우희철은 앞주머니에서 담배를 꺼내 불을 붙였다.

"눈치 진짜 더럽게 없네. 내가 노래를 부르다가 삑사리를 냈는데, 당신이 바로 나서서 그렇게 잘난 척을 하면 내 꼴이 뭐가 되겠냐고. 꼭 말을 해줘야 알아먹냐?"

이재유도 기분이 언짢아졌는지 목소리를 무겁게 낮췄다.

"제가 원해서 나선 것도 아닌데 앞에 나온 사람 눈치까지 봐야 합니까?"

"원해서 나선 게 아니다? 그런 분이 그렇게 신나게 기타를 치세요? 프로가 아마추어 상대로 잘난 척하니까 기분이 좋아? 어차피 당신도 음악 좀 하겠다고 나대다가 잘 안 풀려서 여기로 흘러들어온 거잖아, 안 그래?"

듣는 내가 더 부끄러워지는 '열폭'의 현장이었다. 마침 담배를 피우고 돌아온 임정연이 우희철의 말을 듣고 진저리를 쳤다. 이재유도 물러서지 않고 우희철에게 맞불을 놓았다.

"저는 지금 프로가 아니고요, 우 대리님도 아마추어가 아닙니다. 프로 못지않은 아마추어가 세상에 얼마나 많은

지 모르시죠? 아까 보여준 노래 실력으로는 아마추어도 어림없습니다."

"뭐 인마?"

우희철은 자신의 잔에 반쯤 남아 있던 소주를 이재유의 얼굴에 뿌렸다. 이재유는 물수건으로 얼굴을 닦으며 말없이 자리에서 일어났다. 우희철도 따라 일어나며 손바닥으로 이재유의 뒤통수를 쳤다.

"선배가 말하면 알았다 하고 넘어갈 것이지, 새끼가!"

이재유도 참지 않고 우희철의 가슴을 밀치며 말했다.

"알았다. 이 좆만한 새끼야."

둘 사이에 먹살잡이가 벌어져 회식 자리는 아수라장이 됐다. 나는 둘 사이에 끼어들어 싸움을 말리다가 얼굴과 팔에 가벼운 찰과상을 입었다. 젠장. 고래 싸움에 등이 터지는 건 늘 새우다.

이재유와 신경전을 멈춘 우희철이 내게 문희주의 최근 행적을 물었다. 내겐 딱히 할 말이 없었다. 같은 품질관리 팀에서 일해도 문희주와 나는 서로 깊은 대화를 나눌 만큼 친밀한 사이는 아니었기 때문이다.

"글쎄요. 평소와 다른 점은 없었습니다."

"잘 생각해봐. 같은 팀에서 일하니까 최소한 우리보다는 뭐라도 들은 게 더 있지 않겠어? 뭘 하고 싶다든지, 뭘 먹고 싶다든지, 어디로 가고 싶다든지."

자전거를 타고 어디론가 떠나고 싶다…… 나는 며칠 전에 문희주가 점심 식사를 마친 후 믹스커피를 마시며 지나가듯 했던 말을 기억해냈다.

"날씨가 좋아서 자전거를 타고 멀리 여행을 떠나고 싶다고 하셨던 기억이 납니다. 진지하게 하신 말씀은 아니었던 것 같고요."

휴대전화를 들여다보던 심준호가 미간을 찌푸렸다.

"그 말이 중요한 단서가 될지도 모르겠는데요?"

심준호가 테이블 가운데 휴대전화를 올려 모두에게 문희주의 카카오톡 프로필 사진을 보여줬다. 금속으로 만들어진 아치형 구조물이 사진에 담겨 있었다. 사진 속 아치형 구조물 가운데로 길게 뻗은 갈색 포장도로가 보였고, 빨간색 자전거 한 대가 도로 위에 서 있었다. 사진을 들여다보던 우희철이 어딘지 알겠다는 표정으로 고개를 끄덕였다. 모두가 눈빛으로 그에게 대답을 재촉했다. 우희철은 사진 속 장소가 어딘지 아는 사람이 자기뿐이라는 게 즐거운 듯 대답에 뜸을 들였다.

"음…… 확실치는 않은데 말이지."

"정서진."

이재유가 우희철의 말을 끊었다. 우희철의 표정이 심하게 구겨졌다. 우희철의 표정을 보니 아무래도 이재유의 말이 맞는 듯했다. 이재유는 우희철을 힐끗 보고 피식 웃으며 사진을 확대했다.

"사진에서 보이는 단어를 모아 구글로 검색하니 장소가 어딘지 바로 뜨네요."

확대한 사진을 살펴보니 아치형 구조물에 새겨진 '국토종주 자전거길', '서울 21km', '부산 633km' 등의 단어가 보였다. 나도 이들 단어를 조합해 구글로 검색해봤다. 장소가 어딘지 파악할 수 있는 수많은 기사가 떴다. 이재유는 카톡 프로필 사진 아래에 적힌 상태 메시지를 가리켰다. '새로운 시작'이라는 문구가 적혀 있었다. 이재유는 임정연에게 프로필 사진과 메시지를 번갈아 보여주며 자신의 추측을 들려줬다.

"웹서핑을 해보니 정서진이 국토종주 자전거길의 시작점이네요. 카톡 프로필 사진 아래에 적힌 메시지와 상익 씨가 들은 말로 추측해보면, 아무래도 과장님이 자전거길로 여행을 떠나신 게 아닌가 싶습니다."

"그러게요."

임정연은 이재유의 추측에 동의하며 고개를 끄덕였다. 바쁘게 휴대전화를 만지던 우희철이 둘 사이의 대화에 끼어들었다.

"내가 예전에 자전거길 따라 며칠 동안 국토종주를 해본 일이 있어. 가보면 알겠지만, 자전거길로 여행하면 그

길을 따라 여행할 수밖에 없거든. 왜? 길이 그렇게 만들어져 있어. 만약 과장님이 자전거로 여행을 떠나신 거라면, 우리는 그 길목에 미리 대기하고 있다가 덮치면 되지 않을까?"

임정연은 우희철의 말에 동의한다는 듯 고개를 끄덕였다. 우희철이 임정연의 반응을 살피며 말을 이었다.

"그렇다면 길은 하나야. 정서진에서 시작해 한강을 따라 이어지는 자전거길이지."

"그 말도 일리가 있네요."

우희철은 임정연의 긍정적인 반응에 흥이 났는지 어깨를 펴며 콧노래를 불렀다. 이재유가 단호한 목소리로 우희철의 콧노래를 끊었다.

"이제 각자 알아서 과장님을 찾아보기로 하죠."

우희철이 콧노래를 멈추고 황당하다는 눈빛으로 이재유를 쳐다봤다. 이재유는 어깨를 으쓱거렸다.

"설마 같이 움직일 생각이었습니까?"

우희철은 할 말을 찾지 못해 입술을 혀로 핥았다. 이재유는 그런 우희철을 무시하고 임정연에게 물었다.

"제 차로 같이 이동하실래요?"

"그러시죠."

당황한 나는 이재유에게 다급하게 물었다.

"어! 저희는요?"

첫째 날

이재유는 우희철을 힐끗 바라보며 비웃음을 흘렸다.

"내 차는 2인승 밴이라서. 미안한데 더 태우고 싶어도 못 태워."

치사한 새끼. 나는 멀어지는 둘의 뒷모습을 멍하니 쳐다보며 속으로 이재유를 욕했다. 우희철은 헛웃음을 터트렸다.

"씨발 새끼. 고작 모닝 밴 따위로 유세를 떠네. 누가 보면 2인승 스포츠카라도 모는 줄 알겠다. 하여간 저 새끼는 처음부터 마음에 안 들었어, 개새끼."

우희철은 탕비실 창문을 통해 이재유의 차 조수석에 몸을 싣는 임정연을 내려다보며 힘줄이 드러나도록 세게 주먹을 쥐었다.

"저런 후진 차에 넘어가는 년도 존나 어이가 없네. 좆같은 년! 씨발년!"

우희철이 임정연에게 내뱉는 욕은 그를 더 처량해 보이게 했다. 나 또한 돌아가는 상황이 짜증 났지만, 이대로 포기하기에는 아까운 마음이 들었다.

"대리님은 어떻게 하실 건가요?"

"뭘 어떻게 해? 움직여야지."

"그렇긴 하지만…… 두 분이 먼저 떠났는데 다른 방법이 있으세요?"

우희철은 미지근해진 믹스커피를 한입에 털어 넣은 뒤

손등으로 입가에 묻은 커피를 닦았다. 우희철의 눈빛에서 독기가 엿보였다.

"내가 장담하는데 걔들은 과장님 절대 못 찾아. 과장님이 바로 앞을 지나가도 눈치 못 챌걸? 병신들."

"네? 그게 무슨……."

우희철이 내게 가까이 오라고 손가락을 까딱거렸다.

"내 말 잘 들어봐. 걔들 지금 단단히 실수한 거야. 너 한강변에 가봤지?"

우희철의 설명은 이랬다. 국토종주 자전거길은 이명박 정부가 4대강 정비 사업을 할 때 강을 따라 덤으로 만든 길이다. 서울 구간을 통과하는 자전거길은 한강을 따라 이어진다. 한강변에는 늘 사람이 많은 데다, 자전거길 대부분은 보행자와 자전거를 위한 전용도로여서 자동차가 진입할 수 없다. 아무런 준비도 없이 문희주를 찾겠다고 한강으로 가는 건 무모하다는 게 우희철의 판단이었다.

"직접 한강에 가서 봐봐. 아까 둘이 과장님을 잡겠다고 무작정 한강으로 떠난 게 얼마나 어처구니없는 일인지 알게 될 거야. 모든 라이더가 헬멧을 쓰고 있고, 햇빛 가리개로 얼굴을 감싼 라이더도 부지기수야. 그런 라이더가 수도 없이 오가는 서울 한강에서 과장님을 찾는다? 길을 막고 검문이라도 할 거야? 모래사장에서 바늘 찾는 꼴이야. 어림없는 일이지."

첫째 날

"그러면 우리에게도 방법이 없는 것 아닌가요?"

우희철은 자신의 관자놀이를 손가락으로 수차례 두드렸다.

"그러니까 머리를 써야지. 빨리 움직이는 게 능사가 아니야, 이 친구야."

우희철은 서울 바깥 구간에서 대기해야 문희주를 발견할 가능성이 크다는 결론을 내렸다. 그는 서울 바깥으로 넘어가면 오가는 라이더가 많이 줄어들고 보행자도 거의 없어서 문희주를 찾기 훨씬 쉬울 거라고 설명했다.

"우리가 서울 바깥 구간에 도착하기 전에 과장님이 먼저 서울을 벗어나면 어떡하죠?"

"자전거로 며칠 동안 장거리 라이딩 해본 일 없지?"

"네. 없습니다."

"자전거는 엉덩이로 타는 거야. 자전거를 자주 타지 않는 사람은 몇 킬로미터만 타도 엉덩이가 아파서 페달을 밟기 힘들어. 과장님이 평소에 얼마나 자전거를 자주 탔던 분인지는 몰라도, 잘해봐야 오늘 안에 겨우 서울을 벗어난다는 데 내 손모가지를 건다."

나는 우희철의 대책 없는 자신감이 어디에서 비롯된 건지 의구심이 들었다.

"그런데 정말 과장님이 자전거를 타고 국토종주를 떠난 게 맞을까요? 괜히 헛걸음하는 게 아닐까요? 국토종

47

주를 떠나셨다고 쳐요. 언제 떠났는지도 모르고, 지금 어디쯤 계신지도 모르잖아요. 어느 길목에서 지켜요?"

우희철은 내게 자신의 휴대전화를 보여줬다. 조금 전 봤던 문희주의 카톡 프로필 사진이 화면에 떠 있었다.

"아까 본 사진 아닌가요?"

"아까 본 사진은 맞는데 과장님 카톡 프로필 사진은 아니야."

"네?"

"과장님 인스타 계정에 올라온 사진이야. 혹시나 해서 과장님 이름을 인스타에서 검색해봤는데, 이 사진 올라온 계정이 보이더라. 검색은 이재유 그 새끼만 할 줄 아는 게 아니다."

나도 휴대전화로 문희주의 인스타그램 계정을 검색해 확인해봤다. 문희주의 계정에 보이는 팔로워 숫자와 팔로잉 숫자는 모두 0이었다. 게시물도 카톡 프로필 사진과 동일한 사진 한 장뿐이었다. 사진에는 '#자전거길국토종주시작'이라는 해시태그가 달려 있었다. 만든 지 얼마 안 된 계정임이 분명했다. 사진이 올라온 시각은 두 시간 전이었다.

단서는 많지 않았지만 문희주가 오늘 아침에 자전거를 타고 국토종주를 시작한 건 확실해 보였다. 심준호가 우희철에게 제안했다.

첫째 날

"어디에 계시는지 댓글이나 디엠*을 남겨보는 건 어떨까요?"

우희철은 고개를 저었다.

"로또 1등에 당첨됐는데, 갑자기 회사 후배가 인스타까지 동원해 자신을 찾는다? 입장 바꿔 생각해봐라. 너라면 응답하겠냐? 당연히 쌩까지 않겠냐? 나라면 가족 전화도 안 받아."

김용범이 우희철에게 물었다.

"사장님께 지금까지 파악한 상황을 보고할까요?"

우희철은 화들짝 놀라 소리를 질렀다.

"야! 그냥 가만히 있어! 그 인간 성격 몰라? 자기 멋대로 판단해 이것저것 쓸데없는 지시나 내릴 인간이야! 고마워하지도 않을 테고!"

심준호도 미간을 찌푸리며 고개를 저었다.

"하긴. 충분히 그러고도 남을 인간이죠."

"우리는 여행하는 셈 치고 쉬엄쉬엄 움직이자니까? 과장님 인스타에 뭐가 올라오는지 수시로 살펴보면서. 이제 슬슬 움직여볼까? 준호야, 네 차로 같이 움직이자."

심준호는 어깨를 으쓱거렸다.

---

* DM(Direct Message): 인스타그램 사용자끼리 주고받을 수 있는 비공개 메시지.

"따지고 보면 뜬금없이 일주일 유급 휴가를 얻은 거잖아요. 죄송한데 저는 이번 레이스에서 빠지고 쉬겠습니다. 이 회사에서 언제 이렇게 길게 쉬어보겠습니까. 경쟁자가 줄면 더 좋은 거 아닌가요?"

"치사한 새끼. 그러시든가. 용범이는?"

김용범도 머리를 긁적이며 멋쩍게 웃었다.

"솔직히 과장님을 찾을 거라는 보장이 없잖아요. 사장님이 약속을 지킬지도 의문이고요. 심 대리님 말을 들어보니 그냥 일주일 편하게 쉬는 쪽이 더 좋을 거 같아요. 죄송합니다. 저도 빠지겠습니다. 심 대리님 말대로 경쟁자가 줄면 더 좋은 거 아닙니까."

우희철이 탕비실에서 나가는 심준호와 김용범의 뒷모습을 보며 비웃었다.

"한심한 놈들. 어차피 손해 볼 게 하나도 없는 게임인데. 천만 원, 우리 둘이 나눠 먹자."

우희철은 의자 등받이에 몸을 기대며 휘파람을 불었다. 나는 지나치게 여유를 부리는 우희철이 못 미더웠다.

"먼저 나간 두 분은 차를 몰고 움직이는데, 우리는 이렇게 앉아만 있어도 되는 건지 모르겠습니다."

우희철이 내게 다가와 양손으로 어깨를 주물렀다. 단단히 뭉친 어깨 근육에 거친 손길이 닿자 신음이 흘러나왔다.

첫째 날

"어깨 뭉친 것 좀 봐라. 아까도 말했잖아. 우리가 과장님을 못 찾아도 딱히 손해 볼 건 없다고. 그냥 여행하는 셈 치면서 가볍게 움직이자니까? 어디로 어떻게 움직일지는 머릿속에 대강 그려놓았다. 여유 좀 가져라."

그렇게 마음이 여유로운 사람이 지난 워크숍에서 노래 부를 때 임정연의 안 좋은 반응에 바로 삑사리를 냈느냐는 비아냥거림이 목구멍에서 맴돌았다.

"운이 좋아서 문 과장님을 찾았다고 쳐요. 사장님께 무슨 수로 모셔오죠? 작정하고 잠적한 분인데 과연 우리 손에 이끌려 순순히 따라올까요?"

"시작도 안 했는데 뭐 그리 쓸데없는 걱정이 많아? 과장님을 찾든 못 찾든 우리가 손해 볼 게 뭐가 있어? 그건 그때 가서 걱정하시고, 내 계획을 들어봐."

우희철은 휴대전화로 지도앱을 실행한 뒤 서울 동부 외곽 지역을 가리켰다.

"우리는 일단 팔당역으로 움직이자. 아까도 말했지만, 자전거길은 강을 따라 이어지거든. 팔당역은 라이더가 뜸해지기 시작하는 서울 바깥에 있으면서, 자전거길에 아주 가까이 붙어 있어. 역 바로 옆에 자전거 대여점이 있어서 자전거를 빌리기도 편하고."

"자전거를 빌려요? 왜요?"

우희철이 내 눈을 바라보며 혀를 찼다.

"이 답답한 사람아. 길에서 자전거를 타고 지나가는 과장님을 마주쳤다고 치자. 뛰어가서 붙잡을 거야? 자전거를 무슨 수로 뛰어서 쫓아! 당신이 우사인 볼트야? 가보면 알겠지만, 자전거길에는 자동차나 오토바이가 들어올수 없어. 그러니까 우리도 만약을 대비해 자전거를 미리 준비해둬야 한다니까? 오케이? 경험자 말을 귀담아들어라, 쫌!"

나는 우희철의 잔소리를 더 듣고 싶지 않아 억지로 고개를 끄덕이며 말을 돌렸다.

"그런데 팔당역까지 어떻게 움직이죠?"

"뭘 어떻게 움직여? 비엠더블유지."

"네? 비엠더블유요?"

"버스! 메트로! 워크!"

그것도 개그라고. 상대할수록 피곤했다. 나는 우희철이 부디 임정연 앞에서 그런 썰렁한 아재 개그를 치는 일이 없기를 마음속으로 빌었다.

"말 나온 김에 팔당역까지 대중교통으로 가는 경로나 좀 검색해봐라."

검색된 경로 앞에서 탄식이 절로 흘러나왔다. 회사가 있는 용인 변두리에서 팔당역까지 가려면 세 시간 반에 걸쳐 버스를 두 번이나 갈아타야 했다. 우희철도 경로를 확인하며 경악했다.

첫째 날

"진짜 그렇게 오래 걸려? 최단경로로 검색한 거 맞아?"

"네. 최단경로로 검색한 결과 맞습니다. 환승 시간까지 고려하면 넉넉하게 네 시간 이상 잡아야 하지 않을까요?"

"그 시간이면 KTX로 서울에서 부산까지 움직이고도 한 시간이나 남는데. 이놈의 회사가 진짜 오지에 있구나."

우희철은 자리에서 일어나 탕비실 싱크대 하부장에서 육개장 사발면 두 개를 꺼냈다.

"그래도 우리가 과장님 자전거보다는 더 빨리 거기 도착하지 않냐? 아침 아직 안 먹었지? 일단 작업복부터 갈아입고 배를 채우자. 시간 충분해."

팔당역까지 이동하는 시간은 예상보다 더 길고 지루했다. 우희철은 버스에 탑승해 자리에 앉자마자 졸았다. 나도 좌석 등받이에 몸을 기대어 눈을 감아봤지만 조금 전 본 버스정류장 광고가 눈앞에 아른거려 잠이 오지 않았다.

우희철과 용인공용버스터미널에서 서울 강변역으로 이동하는 직행버스를 기다릴 때였다. 우희철의 수다를 건성건성 듣고 있는데 버스정류장 광고가 눈에 들어왔다. 여기저기서 흔히 눈에 띄는 병원 광고였다. 광고에 나열된 의사들의 사진 중 낯익은 얼굴이 있었다. 누군지 곰곰이 생각해보니, 초등학교 6학년 때 같은 반이던 여학생이었다. 머릿속이 멍해졌다.

어린 시절 나는 공부를 곧잘 하는 편이었던 터라 학교에서 늘 주목을 받았다. 그때 내 꿈은 의사였다. 별 이유는 없었다. 공부를 잘하면 당연히 의대나 법대를 가는 거라고 부모님은 내게 입버릇처럼 말하곤 했다. 내 눈에도 의사 가운이 멋있어 보였다. 광고 속 낯익은 얼굴은 그런 나를 선망하는 눈빛으로 바라보던 평범한 여자아이였다. 돌이켜보면 내 인생의 황금기는 그 시절이었다. 중학교에서도 그럭저럭 상위권을 유지했던 성적은 고등학교 입학과 동시에 중하위권으로 곤두박질쳤다. 딱히 공부를 게을리하지 않았는데도 성적은 부지런히 뒤처졌다. 내가 되고싶은 나와 현실의 나는 점점 멀어졌다. 의대에 진학하겠다는 오기로 입대를 미루고 입시를 세 번이나 치렀지만, 결과는 늘 엉망이었다. 자존감은 점점 떨어졌고, 쓸데없이 자존심만 점차 커졌다. 내가 생각보다 별 볼 일 없는 사람이라는 사실을 인정하기가 쉽지 않았다.

내 인생 그래프가 꾸준히 완만하게 하락 폭을 그리는 사이에, 이름조차 가물가물한 동창의 인생 그래프는 내가 닿을 수 없는 곳으로 급격한 상승세를 타고 있었다니. 오래전에 나를 부러워했던 동창이 지금은 내가 원했던 인생을 살고 있구나. 가슴속에서 무언가 뜨거운 게 치밀어올라왔다. 정류장으로 버스가 들어왔다. 나는 사진 속 동

첫째 날

창의 눈빛이 부담스러워 도망치듯 버스에 올랐다.

　버스를 타고 가는 내내 나는 지난 인생을 만회할 방법이 없는지 고민했다. 다시 입시 준비를 해서 의대에 도전해볼까? 삼수를 치르고도 근처에 가보지 못한 의대였다. 나이 서른에 다시 도전한다고 해서 의대의 문이 열릴까? 운이 좋아 의대에 입학한다고 해도 졸업하면 30대 후반이다. 전문의 과정까지 수료하면 마흔이 넘는다. 과연 부모님이 지원해주실까? 내 스펙과 경력으로 대기업 입사는 불가능하니 그냥 공무원 시험이나 준비할까? 몇 년 동안 공무원 시험을 준비하다가 실패해 큰아버지 식당에서 일을 돕고 있는 사촌형의 얼굴이 떠올랐다. 나보다 훨씬 좋은 대학을 나온 사촌형도 공무원 시험에 실패했는데 내가 할 수 있을까? 고개를 저었다. 앞으로도 그냥 지금처럼 살아야만 하는 걸까? 아무리 머리를 굴리고 고민해봐도 지금보다 괜찮은 인생을 살 만한 방법이 떠오르지 않았다.

　버스가 곧 강변역 정류장에 도착한다는 안내방송이 들렸다. 나는 우희철을 깨워 버스에서 내린 뒤 팔당역 가는 버스로 갈아탔다. 우희철은 버스에 오르자마자 다시 바로 잠에 빠져들었다. 나는 그런 우희철이 어이없으면서도 한편으로는 대단하다고 생각했다. 아침에 오제일이 회사로 호출했을 때 나 또한 우희철처럼 오제일에게 대들고 싶은 마음이 굴뚝같았기 때문이다.

오제일이 직원을 다루는 방식은 교활했다. 오제일은 회의가 있을 때마다 각 부서에 늘 달성하기 어려운 수준의 업무 목표를 제시했다. 힘겹게 목표를 완수하면 더 많은 업무를 줬고, 완수하지 못하면 만회할 기회를 주겠다며 자연스럽게 휴일과 야간 근무를 유도했다. 그렇다고 목표를 완수한 부서와 직원에게 인센티브가 주어지는 일은 없었다. 처음에 나는 오제일이 업무에 관한 의욕이 넘쳐서 그러는 줄 알고 그에 보폭을 맞추려 노력했다. 품질관리 업무를 하면서 상품관리 업무를 맡기도 했고, 일손이 부족하면 현장 업무까지 도왔다. 그런데도 금전적 보상이 이뤄진 경우는 없었다. 하루하루 몸만 축날 뿐이었다. 각 부서가 업무를 다른 부서로 떠넘기는 데 급급한 근본적인 이유가 여기에 있었다. 업무 환경을 개선해달라고 항의하기보다, 어떤 식으로든 책임을 회피하는 게 그나마 부족한 '워라밸'을 조금이라도 더 확보하는 길이었다. 전자는 가능성조차 보이지 않는 길이라는 걸 앞서 퇴사한 수많은 직원이 보여줬으니까.

워크숍에서 이재유에게 시비를 걸던 우희철의 모습은 정말 지질했다. 하지만 몇 시간 전 오제일에게 대들던 모습만큼은 시원하고 멋있었다. 의도가 어떻든 간에 오제일에게 그런 식으로 항의해 무언가를 얻어내는 직원을 처음 봤으니 말이다. 그 모습을 상기하니 앞자리에서 코까지 골며 자는 우희철이 덜 성가시게 느껴졌다.

버스는 팔당역에서 조금 떨어진 정류장에 도착했다. 정류장 주변 풍경은 황량했다. 휴대전화로 시간을 확인해보니 오후 2시가 넘어가고 있었다. 오늘 일어나 먹은 음식이라고는 컵라면 하나가 전부여서 허기가 졌다.

"이 근처에는 식당은커녕 가게도 하나 안 보이네요."

우희철은 기지개를 켜며 나보다 앞서 걸었다.

"역 근처에 가면 있어. 그리고 자전거를 타고 조금만 가면 카페와 식당이 여기저기 나오니까 우선 자전거부터 빌리자. 따라와."

역과 가까워지자 자전거 라이더가 많이 눈에 띄었다. 갈색 면바지, 반소매 남색 티셔츠, 얇은 바람막이 그리고 백팩. 라이더 대부분이 몸에 달라붙는 전용 복장을 갖춰 입고 있어서 내 평상복 차림이 민망하게 느껴졌다. 우희철은 그래도 검은색 등산복 바지와 청색 등산복 상의를 입고 있어 다른 라이더와 비교해 위화감이 덜했다.

"이 옷차림으로 자전거를 타도 괜찮을까요?"

"너는 예전에 자전거 탈 때 저러고 탔었냐? 저 사람들은 본격적으로 자전거길 라이딩을 하러 왔으니 저런 차림인 거고. 한강에 가봐. 그냥 우리처럼 평상복으로 타는 사람이 더 많아. 너는 별걸 다 눈치 보고 신경 쓴다?"

57

나는 우희철의 핀잔에 가슴이 뜨끔해졌다. 지금까지 남의 시선을 지나치게 신경 쓰며 살아온 건 사실이니까. 그 시선 때문에 친구들 모임은 물론 온 가족이 모이는 명절에도 얼굴을 비치지 않은 지 오래였다. 수차례 입시를 준비하며 마치 의대생이라도 된 듯 호기를 부렸던 친척들 앞에서 근황을 설명하고 싶진 않았으니 말이다. 게다가 올해 초 나와 세 살 터울인 사촌 동생이 대학을 졸업하자마자 대기업 입사에 성공한 터라 비교 대상이 될 게 뻔했다. 그 꼴을 보느니 차라리 혀를 깨물고 죽는 게 나을 듯싶었다. 부모님도 명절 때 내게 집으로 오라는 연락을 따로 하지 않았다. 연락을 받으면 짜증이야 나겠지만, 정말로 연락이 없으니 그 또한 괜히 서운했다.

자전거 대여점은 우희철의 말대로 역 바로 앞에 있었다. 대여점 앞에는 다양한 종류의 자전거 수십여 대가 늘어서서 장관을 이뤘다. 가족이나 연인으로 보이는 일행 여럿이 수시로 대여점 안팎을 오갔다. 우희철은 자전거들을 하나하나 살피며 내게 물었다.

"나는 하이브리드 탈 건데 너도 이왕이면 같은 거 타라."

"하이브리드는 뭐죠?"

우희철이 팔짱을 끼며 짝다리를 짚었다.

"갑갑하네. 너 자전거는 탈 줄 알지? 예전에 탔던 모양의 자전거가 어떤 건지 골라봐."

나는 학창 시절에 탔던 자전거와 비슷한 모양의 엠티비*를 골랐다.

"하긴. 예전에는 어지간하면 다들 철티비**를 탔으니까. 하이브리드는 간단히 말해 로드바이크***에 엠티비 핸들을 단 자전거야. 엠티비는 핸들을 잡기가 편하고 험한 길을 달리기에 좋지. 그런데 차체가 무겁고 타이어가 뚱뚱해서 아무리 밟아도 속도가 잘 안 나와. 로드바이크는 가볍고 빠르지. 하지만 포장도로가 아니면 페달을 밟기가 어렵고 핸들을 잡기도 불편해. 하이브리드는 둘의 장점을 짬뽕한 거지. 가볍게 타기에는 하이브리드가 무난해."

둘의 장점을 짬뽕했다? 그 말을 반대로 해석하면 로드바이크처럼 빠르지도 않고 엠티비처럼 험로를 달리기도 어렵다는 의미 아닌가? 이도 저도 아닌 꼴이 꼭 나를 닮은 것 같아 쓴웃음이 흘러나왔다.

"저도 대리님과 같은 걸로 고르겠습니다."

내 휴대전화에서 벨소리가 울렸다. 발신자는 임정연이었다.

---

* MTB. Mountain Bike의 약자로 산지나 험로를 주행하기 위한 자전거를 말한다.
** 무거운 철제 프레임을 가진 MTB를 가리키는 은어. 가격이 저렴하다.
*** Road Bike. 도로에서 빠른 속력을 낼 수 있도록 제작된 자전거를 말한다.

"네, 주임님."

자전거를 하나하나 살피던 우희철이 움직임을 멈추더니 통화 내용을 엿들으려는 듯 내게 가까이 다가왔다. 휴대전화 너머로 들리는 임정연의 목소리에 짜증이 섞여 있었다.

"상익 씨, 지금 어디에 있어요?"

나는 옆으로 한 걸음 물러나 우희철을 피하며 대답했다.

"저는 우 대리님과 함께 팔당역 근처에 있습니다."

임정연은 한숨을 내쉬더니 힘없이 말했다.

"가까운 곳에 있네. 거기서 조금 기다려줄래요? 이 주임하고 곧 그쪽으로 갈게요. 오래 걸리지 않을 거예요."

내가 전화를 끊자마자 우희철이 얼굴을 들이밀며 물었다.

"임정연? 뭐래? 왜 전화한 거야?"

"근처에 있으니 여기서 잠시 기다리고 있으라는데요? 이 주임님과 함께 오신다고."

우희철이 못마땅하다는 표정을 지으며 침을 뱉었다.

"그 새끼도 같이?"

"어떻게 하실 건가요?"

우희철은 내 물음에 대답 없이 팔당역 방향으로 걷기 시작했다.

첫째 날

임정연과 이재유는 한 시간 가까이 흐른 뒤에야 모습을 드러냈다. 우희철은 개표구를 통과해 대합실로 나오는 이재유를 흘겨보며 목소리를 높였다.

"의리 없이 차를 몰고 먼저 사라질 땐 언제고, 인제 와서 기다려달라? 진짜 개념 없네. 안 그러냐, 상익아?"

개표구를 통과하려던 임정연이 걸음을 멈추고 퉁명하게 대꾸했다.

"개념 없어서 죄송하네요, 저는 돌아갈 테니까 알아서들 과장님 찾아보세요."

우희철과 이재유가 돌아서는 임정연을 향해 동시에 다급하게 외쳤다.

"정연 씨!"

우희철이 갑자기 내게 호통을 쳤다.

"아! 너는 뭐 하냐? 얼른 들어가서 정연 씨 안 모셔와?"

내가 호통에 놀라 교통카드가 든 지갑을 꺼내려고 허둥대자, 임정연이 되돌아서더니 어처구니없어하며 대합실로 빠져나왔다.

"우희철 대리님, 상익 씨가 무슨 봉이에요? 왜 애꿎은 사람을 잡아요?"

그러게? 왜 나한테 지랄이야? 나는 임정연이 우희철에게 핀잔하는 소릴 듣고 나서야 뒤늦게 화가 치밀어 올라 얼굴을 붉혔다. 우희철이 나와 임정연의 얼굴을 번갈아 바라보며 말을 더듬었다.

"아니, 그게, 후배가 빠릿빠릿하게 움직여야지."

임정연이 우희철의 말을 끊었다.

"사정은 근처 카페로 가서 설명할게요. 커피는 제가 살 테니."

임정연이 대합실을 나서자 우희철과 이재유가 서로 눈치를 보더니 발걸음을 뗐다. 나는 몇 시간 전 이재유를 따라나선 임정연에게 욕을 퍼붓던 우희철의 모습을 떠올리며 헛웃음을 쳤다. 임정연은 역 앞에서 보이는 가까운 카페로 일행을 이끌었다. 키오스크 앞에 선 임정연이 아이스 아메리카노를 선택한 뒤 일행에게 원하는 메뉴를 물었다. 우희철이 나와 이재유를 바라보며 말했다.

"나도 아이스 아메리카노. 빨리 나오게 다들 메뉴 통일하지 그래?"

나와 이재유는 별말 없이 우희철의 의견에 동의했다. 임정연이 지갑에서 신용카드를 꺼내려는 순간, 우희철이 키오스크에 자신의 신용카드를 삽입했다. 임정연은 황당해하며 우희철에게 눈을 치켜떴다.

"뭐 하시는 거죠?"

우희철은 이재유를 힐끗 쳐다보며 호기롭게 말했다.

"그래도 내가 선배인데 쏴야지. 얼마나 한다고."

평소에는 후배들한테 지갑 한번 열지 않던 우희철의

인색한 모습을 떠올리며 나는 쓴웃음을 짓다가 얼른 표정을 고쳤다. 임정연은 우희철에게 눈길조차 주지 않은 채 창가 좌석으로 자리를 잡았다. 임정연의 옆자리에 이재유가 조심스레 앉았다. 우희철이 쭈뼛거리며 임정연의 앞자리를 차지했다. 계산대 앞에서 커피를 받아 들고 온 나는 우희철의 옆자리 대신 이재유의 대각선 방향 빈자리에 앉았다. 우희철이 나를 어이없다는 눈빛으로 바라봤지만 무시했다. 이재유가 커피를 한 모금 마시고 한숨을 내쉬었다.

"일단 오래 기다리게 해서 죄송합니다."

이재유를 노려보며 입술을 씰룩이던 우희철이 임정연의 눈치를 보며 헛기침했다. 이재유는 우희철을 외면한 채 말을 이었다. 이재유가 문희주를 찾기 위해 세운 전략도 우희철과 거의 같았다. 서울을 통과하는 자전거길에는 오가는 라이더가 많아 문희주를 알아볼 수 없으니, 서울 외곽을 통과하는 한적한 자전거길에서 대기하며 문희주의 인스타그램을 살피자는 전략. 나와 우희철이 있는 팔당역보나 넌 곳에서 길목을 지키며 여유 있게 문희주를 기다려보겠다는 게 차이라면 차이였다. 우희철은 불쾌한 기분을 이마에 주름으로 드러내며 이재유에게 시비를 걸었다.

"그런데 그 잘난 똥차가 길에서 퍼진 모양이지?"

이재유는 정말 똥이라도 씹은 듯한 표정을 지었다. 우희철의 말대로 차에 이상이 생겨 겨우 '양평만남의광장' 휴게소에 주차한 모양이었다. 보험사 긴급출동서비스 기사가 차의 상태를 진단한 결과, 엔진 오일 부족으로 인한 과열이 문제였다. 교외에서 느닷없이 발이 묶이니 문희주를 쫓을 방법이 없었다. 이에 임정연은 내게 전화를 걸었고, 나와 우희철이 팔당역 근처에 있다는 걸 확인했다. 마침 팔당역이 휴게소와 가까운 국수역에서 불과 네 개 역 떨어진 곳에 있으니 일단 다 같이 만나서 뭐든 이야기를 나눠보자는 게 임정연이 연락한 이유였다. 우희철이 이재유에게 비웃듯이 물었다.

"그래서. 당신은 뭘 어쩔 생각인데?"

임정연이 끼어들어 우희철에게 되물었다.

"대리님은 계속 과장님을 쫓을 생각이세요?"

"다들 그러려고 여기까지 나온 거 아닌가?"

"어떻게 쫓으시려고요?"

자전거길에는 자동차나 오토바이가 들어올 수 없다. 자신의 경험상 아침 일찍 정서진에서 출발해 해가 지기 전까지 페달을 밟아야 겨우 남양주에 닿는다. 서울을 벗어나면 자전거길 조명이 시원치 않아 야간 라이딩이 위험해서 숙소를 잡아야 한다. 문희주는 날이 어두워지기 전에 자전거길에서 벗어나 숙소를 잡을 가능성이 큰데, 남양주를 벗어나면 시골이라 숙소를 잡기 어렵다. 서울 방향으로 자전거길을 따라가다 보면 문희주와 마주칠지도 모른다. 마침 팔당역 주변에 자전거 대여점이 있으니 거기서 빌려 타면 빠르게 움직일 수 있다. 우희철은 아까 내게 했던 설명을 그대로 임정연에게 의기양양하게 들려줬다. 임정연은 고개를 갸웃거렸다.

"자전거로 쫓는 게 맞는다는 건 이해하겠는데, 빌려 탄 자전거로 쫓자고요? 이 근처에서 운 좋게 문 과장님과 마주치면 모를까, 반환하러 다시 여기까지 와야 하잖아요. 안 그래요? 멀리 타고 갈 수도 없고요."

"그건 그렇긴 한데……."

우희철이 말꼬리를 흐렸다. 임정연이 잔을 비우고 대수롭지 않다는 듯 말했다.

"뭘 그리 복잡하게 생각해요? 사면 되잖아요? 엄청 비싼 물건도 아니고, 이번 기회에 그냥 한 대 장만하면 좋잖아요. 한번 사두면 요긴하게 쓸 물건이고, 정 필요 없으면 당근마켓에 팔아도 되고."

이재유가 맞장구를 쳤다.

"그러게요. 정연 씨 말이 맞네요. 이왕 이렇게 된 거 비싸지 않은 물건 하나 사서 움직이는 게 낫지."

나도 우희철의 눈치를 슬쩍 보며 둘의 의견에 동의했다.

"마침 근처에 자전거매장이 몇 군데 눈에 띄더라고요.

저도 한 대 필요했던 참입니다."

우희철은 난감해하며 한숨을 쉬었다.

"나는 집에 자전거가 있는데…….'

임정연이 자리에서 일어나며 쐐기를 박았다.

"그러면 대리님은 나중에 빌린 자전거를 끌고 혼자 대여소로 돌아오시든가요."

나는 자전거매장에서 20만 원대 초반 가격인 국내 브랜드 회색 하이브리드를 3개월 카드 할부로 샀다. 임정연은 검은색 하이브리드, 이재유는 흰색 하이브리드를 골랐다. 우희철은 마지막에 임정연과 같은 검은색 로드바이크를 선택했다. 혹시나 하는 마음으로 문희주의 인스타그램 계정에 들어가 보니 새로운 사진이 올라와 있었다. 사진은 위에서 내려다보이는 한강의 모습과 천호동이라는 위치 정보를 담고 있었다. "오늘은 여기서 1박"이라는 짧은 문구와 함께.

"여기 좀 보세요. 문 과장님 아직 서울에 계신가 본데요?"

우희철이 내게서 휴대전화를 빼앗듯이 가져가 사진을 살피며 황당해했다.

"천호동? 오늘은 여기서 1박? 이 양반 진짜 느리게 움직이네. 아직 서울도 못 벗어났어?"

임정연도 우희철에게서 휴대전화를 건네받아 이재유와 함께 사진을 보더니 허탈해했다. 문희주가 자전거길을 따라 이동 중일 거라던 우희철과 이재유의 추측은 사실인 듯했다. 우희철이 임정연에게 물었다.

"어떻게 할까?"

　임정연이 반문했다.

"뭘 어떻게 해요?"

　우희철이 자신의 휴대전화로 지도앱을 실행한 뒤 천호동 지역을 확대해서 임정연에게 보여줬다.

"여기서 자전거를 타고 길을 따라 천호동까지 가려면 한참 걸려. 아마 해가 진 다음에나 도착할걸? 야간 라이딩은 생각보다 위험한 데다 도착해도 문제야. 무슨 수로 과장님을 찾아. 모래밭에서 바늘 찾기지. 우리가 전화해도 받지 않는 분인데."

　임정연이 말없이 고개를 끄덕였다. 우희철이 임정연을 자신감 있게 바라보며 다시 말을 이었다.

"과장님을 계속 찾을 생각이라면, 이 근방에서 하루 머물고 내일 아침 일찍 출발하자. 양평쯤에 먼저 도착해서 대기하고 있다가 붙잡으면 되지 않겠어? 정연 씨 생각은 어때?"

　이재유가 우희철이 못마땅한 듯 딴죽을 걸었다.

"그건 그렇다 칩시다. 이 근처를 보니까 숙소가 따로 안

보이던데 도대체 어디서 머무른다는 말인지 모르겠네. 길에서 자야 하나?"

우희철이 이재유에게 입꼬리를 올려 보였다.

"그럼 그쪽은 그냥 돌아가시든지."

임정연이 발끈하려는 이재유를 제지하며 우희철에게 물었다.

"숙소가 가까운 곳에 있나요?"

우희철이 지도앱으로 한 지역을 확대해 임정연에게 보여줬다.

"여기서 서울 방향을 따라 넉넉잡고 30분만 페달을 밟으면 한강변을 따라 아파트 단지가 몰려 있는 동네가 나와. 거기로 가면 숙소를 잡을 수 있어. 그리고 다들 급하게 여기까지 오느라 챙겨 온 물건이 없을 거 아냐. 거기로 가면 필요한 물건을 살 만한 식자재마트도 있어. 내 경험을, 아니 나만 믿고 따라오면 돼."

조금 안다고 으스대는 우희철의 꼴이 우스웠지만 그렇다고 따르지 않을 수도 없었다. 우희철이 자전거를 끌고 선두에 서고 임정연과 내가 차례로 그 뒤를 따랐다. 이재유도 억지로 행렬에 합류했다. 넷이 일제히 페달을 밟기 시작했다. 시원한 가을바람이 기분 좋게 얼굴을 감쌌다. 자전거길 양쪽으로 늘어선 억새가 흔들리며 청량한 소리를 냈다. 십수 년 만에 페달을 밟는데도 내 몸은 어떻게

첫째 날

자전거를 타는지 또렷하게 기억하고 있었다. 몸으로 배운 건 쉽게 잊을 수 없음을 새삼스레 실감했다. 해가 기우는 속도가 눈에 보일 정도로 빨라지고 그림자도 점점 길어졌다. 평화로웠다. 문득 평일에 팔자 좋게 자전거를 타는 이 순간이 비현실적으로 느껴졌다.

우희철의 말대로 30분가량 페달을 밟으니 아파트 단지가 눈에 들어왔고, 강변을 따라 모텔 몇 곳이 영업 중이었다. 우희철은 그중 가장 깔끔해 보이는 곳으로 일행을 이끌었다. 임정연과 이재유가 먼저 각각 방을 잡았다. 우희철이 내게 같은 방을 쓰자며, 내가 숙박비를 카드로 먼저 계산하면 나중에 절반을 돌려주겠다고 제안했다. 나는 내키지 않았지만 딱히 거절할 명분이 없어서 마지못해 제안에 응했다. 그다음으로는 모두 함께 가까운 식자재 마트에 들러 각자 필요한 물품을 샀다. 나는 속옷과 양말, 보조배터리와 충전케이블을 골랐다. 저녁 식사를 해야 하는데 근처에 딱히 괜찮은 식당이 보이지 않았다. 이재유가 허름한 호프집 간판을 가리켰다.

"식사 대신 치킨에 맥주나 마시며 요기하는 게 어떨까요? 식당도 마땅치 않은데."

페달을 밟으며 적당히 땀을 흘린 터라 이재유의 말을 들으니 시원한 맥주 한잔이 간절해졌다. 우희철과 임정연도 비슷한 생각인지 이의를 제기하지 않고 이재유를 따라 호프집 안으로 발을 들였다. 철 지난 붉은색 소파와 대놓고 오래된 티를 내는 나무 테이블이 마치 8, 90년대 경양식집 분위기를 연출했다. 출입문을 사이에 두고 여기만 시간이 멈춘 것 같았다. 주인 할머니가 허름한 간판만큼이나 낡은 메뉴판을 테이블에 말없이 놓고 갔다. 임정연이 휴대전화로 무언가를 검색하더니 감탄사를 토했다.

"오! 이 자리에서 35년째 영업하고 있는 집이네요? 치킨도 맛있고 햄치즈, 돈가스도 괜찮은가 봐요."

이재유의 목소리에 힘이 들어갔다.

"생맥주 네 잔에 치킨하고 햄치즈를 주문하죠. 모자라면 돈가스를 더 시키고요."

우희철은 대화의 주도권이 다시 이재유에게로 넘어가려는 상황이 불만스러운지 입술을 씰룩였다. 생맥주가 나오자 임정연이 나머지 셋의 얼굴을 차례로 살피며 말했다.

"다들 주머니 사정 뻔한데 괜히 선후배 따지거나 눈치 보지 말고 더치페이해요. 혹시 같이 식사할 일 있으면 제가 한꺼번에 카드로 계산하고 엔빵한 금액을 나중에 단체 카톡으로 공지할게요."

우희철이 잔을 들고 건배를 청하며 과장되게 웃었다.

첫째 날

"역시 정연 씨는 개념녀네! 상익아, 너는 선배가 귀찮게 계산까지 하게 둘 거냐? 빠릿빠릿하게 알아서 제가 하겠습니다! 해야지. 빠져가지고."

임정연이 건배하려던 잔을 도로 내려놓으며 어이없어했다.

"우 대리님. 더치페이해야 개념녀인가요? 무슨 말이 그래요? 그리고 상익 씨가 우 대리님 머슴이에요? 본인이 하실 것도 아니면서 왜 남의 손을 빌려 인심을 쓰려고 하세요? 거기다 순둥이인 상익 씨가 나중에 선배들한테 잘도 먼저 돈을 달라고 하겠어요. 차라리 성질 뭣 같은 제가 하는 게 낫지."

나는 임정연이 처음으로 멋있어 보였다. 임정연의 머리 위로 쏟아지는 조명이 내 눈에 마치 후광처럼 반짝였다. 이재유도 끼어들어 말을 보태며 히죽거렸다.

"그러게 말입니다. 달라고 안 하면 얼렁뚱땅 먹튀할지도 모르죠."

임정연이 눈을 가늘게 뜨며 화살을 이재유에게 돌렸다.

"이 주임께서도 좀 그만하세요. 언제까지 이렇게 우 대리님과 신경전을 벌이실 거예요? 같은 배를 탄 마당에!"

임정연의 호통에 우희철과 이재유는 서로를 외면하며 입을 닫았다. 주방에서 칼질하던 주인 할머니가 놀라 홀을 살피려고 고개를 내밀었다. 나는 할머니에게 아무 일도 아니라고 손짓했다. 임정연이 답답한 듯 한숨을 쉬더니 맥주를 크게 한 모금 마셨다.

"도대체 다들 왜 그러세요? 사람 불편하게. 누가 보면 제가 무슨 엄청난 미녀에 여왕벌이라도 되는 줄 알겠네요. 솔직히 공장에 젊은 여자가 없으니까 두 분 눈에 제가 반반해 보이는 거예요. 강남 한복판을 10분만 걸어보세요. 예쁜 여자가 너무 많이 눈에 띄어서 제 얼굴은 오징어로 보일걸요?"

그럴 리가. 나는 임정연의 말이 지나친 겸손이나 기만이라고 생각했다. 아니면 미의 기준이 말도 안 되게 높든지. 임정연은 솔직히 예쁘다. 이건 사내 모든 남자 직원이 인정하는 사실이다. '박연진'처럼 차가운 분위기를 풍겨 말을 붙이기가 어려운 냉미녀. 그런 비주얼로 왜 수도권 변두리에 처박힌 공장에서 일하는지 이해할 수 없는 여자. 우희철과 이재유는 임정연의 싸늘한 눈빛에 압도돼 눈도 마주치지 못했다.

"두 분이 제 마음에 들고 안 들고의 문제가 아니라, 저는 회사에서 누구와도 그렇고 그런 관계로 엮이고 싶은 마음이 없어요. 쓸데없는 오해를 남기지 않기 위해 여기서 다시 확실하게 말씀드립니다. 저는 사내 연애에 아무런 관심이 없습니다! 아시겠죠?"

필요할 때 할 말은 단호하게 하는 저 카리스마. 멋있다.

첫째 날

진짜 멋있다. 형님이라고 부를 뻔했다. 적어도 이 순간만큼은 임정연이 우희철과 이재유보다 더 형님 같았다. 우희철과 이재유는 쓴웃음을 지으며 말없이 맥주를 홀짝였다. 테이블에 한바탕 불어닥친 폭풍이 잦아들자 프라이드 치킨과 햄치즈가 안주로 나왔다. 임정연이 건배를 청하자 다들 말없이 잔을 들어 서로의 잔에 부딪혔다. 나는 먼저 햄치즈 맛을 봤다. 짭짤하면서도 상큼한 감칠맛. 얇게 썬 오이 위에 스팸과 슬라이스 치즈를 올리고 케첩을 살짝 뿌린 단순한 안주인데 의외로 맛이 좋았다. 맥주를 부르는 안주였다.

"뭐지? 이거 은근히 맛있는데요? 희한하네."

임정연이 뜯어 먹으려던 치킨을 접시에 내려놓고 햄치즈 접시에 포크를 들이댔다.

"그러게요. 정말 희한하네. 이게 뭐라고 맛있지?"

우희철도 포크로 햄치즈의 재료를 하나하나 살펴보며 의외라는 반응을 보였다.

"이건 햄, 이건 치즈, 이건 오이, 여기 뿌린 건 케첩. 다 아는 맛인데 모아놓으니 맛있네? 미원이라도 뿌렸나?"

이재유도 햄치즈를 맛보고 고개를 끄덕였다. 임정연이 맥주잔을 들여다보며 나지막하게 말했다.

"저는 솔직히 과장님을 찾아서 제 연봉이 인상되든 말든 상관없어요. 그냥 모든 게 따분하고 심심해서 따라온 거예요. 그런데 이렇게 여기까지 자전거를 타고 오게 될 줄은 꿈에도 몰랐지. 진짜 인생 몰라요. 안 그래요?"

우희철이 말도 안 된다는 투로 손을 내저었다.

"에이! 무슨 그런 말도 안 되는 말씀을. 연봉 천만 원이 뉘 집 개 이름이야?"

임정연은 맥주 한 모금을 마시고 손등으로 입을 닦았다.

"진심이에요. 믿기 어려우시면 녹취해 증거를 남길 수도 있어요. 상익 씨, 휴대전화로 동영상 녹화 좀 해주실래요? 나 임정연은 연봉 인상에 아무런 관심이 없다! 정말로 없다! 그냥 문희주 과장님이 어디 계신지 궁금할 뿐이다!"

이재유가 휴대전화를 꺼내려는 나를 제지하며 나무랐다.

"너는 선배가 찍으라니까 정말로 찍으려고 하냐? 눈치도 없이."

임정연이 포크로 치킨의 뼈와 살을 분리하다가 키득거렸다.

"근데 우리가 지금 하는 일, 사실상 추노推奴 아닌가요?"

우희철이 손뼉을 치며 박장대소했다.

"푸핫! 그렇네! 이거 완전 추노네!"

첫째 날

이재유가 임재범이 부른 드라마 〈추노〉의 주제가 「낙인」의 한 구절을 쓸데없이 진지하게 시처럼 읊조렸다.

"가슴을 데인 것처럼, 눈물에 베인 것처럼, 지워지지 않는 상처들이 괴롭다."

우희철이 웃음을 억지로 참으려다가 사레들렸는지 기침을 격하게 했다. 그 모습을 보고 나와 이재유는 피식 웃었다. 임정연도 활짝 웃으며 건배를 청했다. 네 잔이 부딪치며 경쾌한 소리를 냈다. 맥주를 한 모금 마신 이재유가 임정연을 치켜세웠다.

"출발 전에 정연 씨가 사장한테 연락금지 각서를 받은 게 아무리 생각해봐도 신의 한 수였어요. 각서가 아니었으면, 그 양반이 우리가 이렇게 다니도록 내버려 뒀겠어요? 벌써 수십 번 전화해서 지랄했을걸요?"

우희철도 이재유에 질세라 덕담을 보냈다.

"이게 다 정연 씨 덕분이야. 그 양반 지금쯤 우리가 어디서 뭘 하고 있는지 궁금해서 미칠 지경일걸?"

나는 오제일이 유독 임정연 앞에서 약해지는 이유가 무엇인지 궁금했다. 오제일과 임정연이 서로 그렇고 그런 사이라는 소문이 사실일까? 우희철과 이재유도 대놓고 이유를 묻진 않았지만, 칭찬과 덕담의 행간에 물음표가 찍혀 있었다. 임정연은 아리송한 대답으로 궁금증을 더 키울 뿐이었다.

"뭐, 뿌린 대로 거두는 법 아니겠어요?"

나는 포크에 꽂힌 햄치즈를 바라보며 엉뚱한 생각에 사로잡혔다. 여기 모인 넷 중에서 누가 햄이고, 누가 치즈이며, 누가 오이이고, 누가 케첩인가. 오늘 아침까지 이런 엉뚱한 장소에서 엉뚱한 동행을 하게 될지 누구 하나라도 상상이나 했을까. 나는 맥주 한 모금을 마시고 햄치즈를 씹었다. 아는 맛이 어우러져 만들어내는 새로운 맛이 매력적이었다. 휴대전화에서 카카오톡 메시지가 도착했다는 알림음이 울렸다. 심준호의 메시지였다.

— 문 과장님 찾는 데 소득은 좀 있어?

나는 맥주잔을 앞에 두고 이런저런 이야기를 나누는 셋의 얼굴을 확인하며 심준호에게 메시지를 보냈다.

— 과장님 인스타를 보니까 아직 서울에 계신 모양이에요. 어쩌다 보니 이재유 선배, 임정연 선배도 함께 모였어요. 지금 남양주에 있고 날이 어두워서 내일 아침 출발하려고요.

심준호가 내 메시지를 읽자마자 바로 답신했다.

— 헐! 우희철 선배와 재유 씨가 함께 있어? 분위기 살얼음판이겠네. 상익 씨가 중간에 끼어서 눈치 보느라 힘들겠다.

나는 조금 전 우희철과 이재유에게 딱 선을 긋던 임정연의 모습을 떠올리며 코웃음을 쳤다.

첫째 날

— 그런 걱정 안 하셔도 돼요. 임정연 주임께서 몇 마디 하니까 다들 깨갱이던데요? 카리스마 장난 아니에요.

심준호는 웃는 얼굴 이모지Emoji를 잔뜩 보내고 안부를 전했다.

— 그래. 이왕 먼 길 떠난 건데 자전거 여행이라고 생각하며 무사히 잘 다녀오시고. 심심하면 종종 카톡 줘. 나도 종종 연락할게. 수고!

뜬금없이 살갑게 구는 심준호가 낯설면서도 반가웠다. 휴대전화로 문희주의 인스타그램 계정을 살펴봤다. 숙소로 짐작되는 건물 내부에서 창밖으로 내려다보이는 한강의 야경을 촬영한 사진이 약 20분 전에 올라왔음을 확인할 수 있었다. 사진 속 창틀에 맥주캔이 놓여 있는 걸로 보아 문희주 또한 우리와 같은 시간에 맥주를 마시고 있는 모양이었다. 엄청난 당첨금을 손에 쥐고 유유자적 자전거를 타며 여행을 떠나는 기분은 과연 어떨까. 이 갑작스러운 추격전이 과연 어떤 방향으로 흘러가고 어떤 형태로 끝을 맺을까. 과연 내일 문희주를 만날 수 있을까. 문희수를 오제일 앞에 데려갈 수 있을까. 다가올 내일이 오랜만에 궁금해졌다.

팔당대교

능내역 밝은광장 양평군립미술관

이포보

여주보

강천보

비내섬 충주댐

목행교

충주탄금대

둘째 날

엉덩이가 몹시 아파 자리에 앉기조차 힘들었다. 손바닥은 마치 회초리를 여러 대 맞은 것처럼 저렸다. 온몸이 그야말로 만신창이였다. 이재유와 임정연뿐만 아니라 자전거길을 잘 안다고 떠들었던 우희철의 모습도 나와 다르지 않았다. 다들 자기 앞에 놓인 뼈다귀해장국을 바라보며 한숨을 쉬거나 침묵했다. 우희철은 안절부절 일행의 눈치를 보다가 고개를 숙였다. 이재유가 우희철에게 따져 물었다.

"이보세요. 도대체 다음 계획이 뭡니까? 아니, 계획이란 게 있기나 한 겁니까? 일단 얘기나 좀 들어봅시다."

우희철은 이재유의 시선을 피하며 건성으로 말했다.

"내가 일부러 그런 것도 아니잖아."

"솔직히 말해봅시다. 자전거로 국토종주를 해본 건 맞아요? 구라 아니에요?"

우희철이 발끈했다.

"몇 년 만에 다시 왔으니 기억이 가물가물할 수도 있지! 너는 옛날에 했던 일을 하나하나 다 기억하고 사냐!"

이재유가 숟가락을 테이블에 세게 내려놓았다.

"너? 어이가 없네. 지금 너라고 그랬냐? 직급 때문에 싫어도 꼬박꼬박 존대해줬더니 이 새끼가 정말 아랫사람 취급을 하네?"

"이 새끼? 너 처돌았냐?"

임정연이 한 손으로 이마를 감싸며 나지막하게 말했다.

"진짜 피곤하네…… 두 분 계속 싸우실 거면, 저는 그냥 돌아갈게요. 마침 근처에 역하고 버스터미널도 있던데."

우희철과 이재유는 임정연의 눈치를 보며 입씨름을 멈췄다. 이재유가 우희철을 쏘아보며 말했다.

"계속 반말할 거면, 나도 반말한다. 존대 듣고 싶으면 너도 존대하고. 오케이?"

우희철이 말없이 입술만 씰룩이자 이재유는 코웃음을 쳤다.

"상호존대는 싫다? 그럼 나도 앞으로 존대하지 않을 테니까 너도 그런 줄 알아라, 우희철. 꼬우면 맞짱 뜨시든지."

둘째 날

얼떨결에 시작한 여행의 둘째 날 아침. 창밖으로 보이는 하늘은 맑고 푸르렀고, 잔물결이 이는 수면 위에서 부서지는 햇빛은 찬란했다. 나는 졸음을 깨우려고 테라스로 나와 아침 공기를 깊이 들이마셨다. 머리부터 발끝까지 청량한 기운이 돌았다. 휴대전화로 문희주의 인스타그램 계정을 확인해봤다. 새로운 게시물은 없었다.

지난밤 호프집에서 이재유는 문희주를 붙잡을 계획을 제안했다. 천호동에서 남양주까지 거리는 약 15km이고, 자전거로 한 시간가량이면 닿으니, 우리가 선수 쳐 자전거길에서 대기하고 있으면 문희주를 만날 수밖에 없다는 게 이재유의 주장이었다. 나와 임정연은 그 주장에 동의했다. 우희철도 반박할 근거를 찾지 못했는지 떨떠름하게 그 주장을 받아들였다. 이재유는 문희주가 아무리 일러도 일출 후에 출발할 테니, 그 시간 즈음부터 미리 대기하는 게 좋겠다고 제안했다. 날씨 예보 홈페이지에서 일출 시각을 확인해보니 오전 6시 32분이었다. 우희철은 문희주가 남양주까지 올 시간을 계산하면 오전 7시부터 자전거길에서 대기해도 충분하지 않겠느냐고 말했다. 아무도 그 말에 반대하지 않았다.

모텔에서 체크아웃하고 모인 네 사람은 자전거길로 접어든 뒤 길 바깥에 자전거를 세웠다. 이재유와 임정연이 가까운 벤치에 자리를 잡고 앉았다. 나는 우희철과 함께 다른 벤치를 차지했다. 모두 말없이 서울 방향에서 다가오는 자전거가 없는지 살폈다. 이른 시간이어서 오가는 자전거가 드물었다. 어쩌다 서울 방향에서 자전거가 다가오면 넷은 자리에서 일어나 이마에 손을 대고 눈을 가늘게 뜨며 멀리 보려고 애썼다. 그 모습이 마치 두 발로 서서 천적을 살피는 미어캣 같아 우스웠다. 하지만 시간이 오전 9시를 넘겼는데도, 문희주의 모습은 보이지 않았다. 지루해진 나는 길게 하품을 했다. 그러자 마치 감염이라도 된 듯이 나머지 셋도 일제히 하품을 했다. 우희철의 배에서 꼬르륵 소리가 크게 울렸다. 우희철이 민망함을 숨기려는 듯 큰 소리로 외쳤다.

"아! 배고파 뒈지겠다! 언제까지 기다려야 하나!"

우희철의 휴대전화에서 카카오톡 메시지가 도착했다는 알림음이 울렸다. 메시지를 살피던 우희철이 호탕하게 웃으며 자기 휴대전화 화면을 내게 보여줬다.

"상익아, 이거 봐라! 준호 이 자식이 이런 기특한 일을 하네?"

화면에는 심준호가 5만 원짜리 편의점 모바일 상품권을 보냈다는 메시지가 떠 있었다. 우희철은 임정연에게 휴대전화를 흔들어 보이며 외쳤다.

"정연 씨! 준호가 우리 자전거 타다가 간식 사 먹으라고 편의점 모바일 상품권을 보냈네?"

둘째 날

"그래요?"

임정연이 반색하며 우희철에게 다가와 휴대전화를 살폈다. 우희철은 가만히 앉아 있는 이재유를 힐끗 바라보며 들으라는 듯이 목소리를 높였다.

"준호 좀 봐라! 선배가 어디서 뭘 하고 있는지 걱정해주며 안부를 묻고 협찬까지 하는 자세! 얼마나 기특하냐! 후배가 이렇게 싹싹한 맛이 있어야 선배 사랑을 받지. 안그러냐, 상익아?"

나는 억지 미소를 지으며 고개를 끄덕였다. 우희철을 무시한 채 휴대전화를 살피던 이재유가 탄식했다.

"다들 휴대전화로 문 과장님 인스타 계정 확인해보시죠."

이재유의 말이 끝나기가 무섭게 모두 휴대전화를 꺼내들었다. 문희주의 인스타그램 계정에 새로운 사진이 올라와 있었다. 사진에는 한강을 가로지르는 큰 다리의 모습과 함께 천호대교라는 위치 정보가 담겨 있었다. "날씨가참 좋다"는 짧은 문구도 함께. 우희철이 기지개를 켜며임정연에게 물었다.

"아무래도 한참 더 기다려야 할 것 같은데, 맛집에서 식사하는 건 어때? 이 길을 따라 쭉 가다 보면 옥천냉면을파는 식당이 나와. 오래된 노포야."

"옥천냉면이요?"

"평양냉면과 비슷한데, 평양냉면보다는 간이 좀 세고 면도 쫄깃하니 정말 맛있어. 돼지고기로 만드는 완자도 먹을 만하고. 후회 안 할걸? 여기로 일부러 오지 않으면 못 먹는 냉면 맛집이야."

이재유가 불만스럽다는 말투로 퉁바리를 놓았다.

"어떤 냉면집이 아침부터 장사를 합니까? 해장국집이라면 모를까."

우희철은 피식 웃으며 임정연에게 설명을 이어나갔다.

"지금 시간에 아침을 먹긴 애매하지. 그런데 여기서 두 시간 정도 자전거를 타고 가야 냉면집이 나와. 어지간한 냉면집은 오전 11시면 영업을 시작하니까 지금 출발하면 충분하지. 냉면집에서 이른 점심을 먹고 나와 과장님을 기다리면 딱이잖아. 그리고 한강자전거길에서 가장 아름다운 구간이 여기서 양평까지 이어지는 구간이야. 과장님보다 앞서 출발해 좋은 경치 구경도 하고 냉면도 먹으면 일타쌍피잖아, 안 그래? 상익아, 한번 확인해봐라."

나는 휴대전화를 꺼내 지도앱으로 우희철이 말한 냉면집의 위치를 찾아봤다. 냉면집은 여기서 자전거길을 따라 약 30km 떨어진 곳에 있었다. 지도앱에 따르면 자전거로 두 시간 남짓 달리면 닿는 거리였다. 우희철의 말 그대로였다. 임정연은 고개를 끄덕이더니 이재유에게 다가갔다.

"우 대리님 말씀에 일리가 있네요. 여기서 마냥 기다리기보다 먼저 가서 식사하고 기다리는 게 더 낫지 않을까요? 어차피 과장님이 오시려면 한참 걸릴 텐데.”

이재유는 마지못해 일어나 자전거로 다가갔다. 우희철이 그런 이재유를 바라보곤 만족스럽다는 표정을 지으며 자전거에 올랐다. 어제처럼 우희철이 맨 앞에 섰고 임정연, 나, 이재유가 차례로 그 뒤를 따랐다.

지금 자전거로 달리는 코스가 한강자전거길에서 가장 아름다운 구간이라던 우희철의 말은 과장이 아니었다. 자동차가 오가는 도로와 떨어져 있어 시끄럽지 않았고, 자연경관을 가까이에서 볼 수 있어 매력적이었다. 벚꽃이 피는 봄에 왔다면 정말 아름다웠겠구나 싶었다. 팔당댐을 지나자 폐선로와 터널을 활용한 구간이 곳곳에서 등장했다. 특히 터널을 지나갈 때 기분이 묘했다. 한때 열차가 빠른 속도로 지나갔을 구간을 자전거로 유유자적 지나가다니. 갑작스럽게 시작된 ‘추노’가 문득 즐겁게 느껴졌다.

우희철은 능내역에서 잠시 쉬었다 가자고 제안했다. 능내역은 열차가 다니지 않는 폐역으로, 현재 라이더들의 쉼터로 이용되고 있었다. 폐선과 더불어 용도를 잃어버린 간이역과 선로가 카페와 음식점으로 부활해 라이더들을 맞이하는 모습이 낭만적으로 느껴졌다. 공중전화 부스를 닮은 빨간 부스 앞에 라이더들이 자전거를 세워둔 채 줄을 서 있는 모습이 보였다. 부스 위에는 ‘능내역 인증센터'라고 적힌 간판이 붙어 있었다. 나는 모텔에서 챙겨온 캔커피를 마시고 있던 우희철에게 물었다.

"다들 저기 줄 서서 뭐 하는 거예요?"

우희철은 심드렁하게 말했다.

"저거? 인증수첩에 도장 찍는 거야. 도장 다 찍으면 인증메달을 주거든."

"오! 대리님도 국토종주를 했으니 인증메달을 가지고 계시겠네요?"

우희철은 민망하다는 듯 먼 산을 바라봤다.

"별거 아냐. 국토종주 하면 다 주는 메달인데 무슨."

부스 안에서 인증수첩에 도장을 찍고 나오는 라이더들의 표정이 무척 밝아 보였다. 이왕 여기까지 왔는데 기념품 삼아 인증수첩 하나 마련해도 괜찮을 듯싶었다. 나는 능내역사에서 인증수첩을 샀다. '국토종주 자전거길 여행'이라고 적힌 짙은 청색 표지가 마치 여권과 닮은 모습이었다. 부스에서 나는 수첩을 펼쳐 인증도장 찍을 곳을 찾다가 '국토종주 남한강자전거길' 페이지에서 멈췄다. 능내역, 양평군립미술관, 이포보, 여주보, 강천보, 비내섬, 충주댐…… 한강 물길을 따라 이어지는 인증센터의 위치를 차례로 확인할 수 있었다. 나는 능내역에 조심스레 인증도장을 찍었다. 스탬프 잉크가 말라 있어 흐릿하게 찍혔지만, 마치 온라인 게임에서 퀘스트 하나를 마치고 팬찮은 보상을 받은 듯한 기분이 들어 뿌듯했다.

능내역을 떠나 20분가량 페달을 밟으니 남양주와 양평의 경계인 북한강철교에 닿았다. 철교 옆으로 빠르게 지나가는 중앙선 국철 열차가 무리 지어 붉은 교각을 건너는 라이더들과 교차하는 모습이 장관이었다. 나보다 앞서가는 우희철과 임정연도 풍경을 눈에 담고 있는지 페달을 밟으며 연신 좌우로 고개를 돌리고 있었다. 철교 위에 깔린 나무 덱과 자전거 타이어가 닿으며 내는 요란한 소리가 고막을 때렸다. 길이 타이어를 타고 내게 스며드는 기분이었다.

양수역, 신원역, 국수역, 아신역…… 철교를 건너자 자전거길을 따라 경의중앙선 국철 역이 차례로 이어졌다. 안장에 닿는 엉덩이 부분에서 살짝 통증이 느껴지기 시작할 때쯤, 우희철이 말한 냉면집이 모습을 드러냈다. 오전 11시를 살짝 넘긴 시간이었고, 냉면집도 마침 영업을 시작하려던 참이었다. 허기가 진 나는 마음이 급해져 자전거를 대충 세우고 가장 먼저 냉면집으로 바쁘게 걸어들어갔다. 지금 몸 상태라면 아무리 맛없는 냉면이 나와도 맛있게 먹을 수 있을 것 같았다. 다른 일행 역시 나와 같은 마음인지 걸음이 바빴다.

간장을 푼 듯한 짙은 갈색 육수와 쫄면처럼 다소 굵은 면발, 그 위에 잘게 썬 오이와 달걀 반 개 그리고 고기 두

점이 고명으로 올라와 있었다. 어딘지 모르게 투박한 모양새였는데, 육수를 한 모금 마셔보니 감칠맛이 기가 막혔다. 몇 번을 먹어봤지만 무슨 맛으로 먹는지 이해할 수 없었던 평양냉면과 비교하면 대단히 풍부한 맛이었다. 여기에 동그랑땡을 몇 배 뻥튀기한 모양의 완자를 한입 베어먹으니 콧노래가 절로 흘러나왔다. 잡내를 풍기지 않는 깔끔한 맛이 일품이었다. 70년 역사를 자랑할 만한 노포였다. 임정연도 냉면이 입맛에 맞는지 육수를 삼킬 때마다 눈을 크게 떴다. 이재유 역시 티를 내진 않았지만 맛있게 먹는 눈치였다. 우희철은 자기가 냉면집 주인이라도 되는 양 으스댔다.

"이 집 냉면이 황해도 스타일이야. 육수는 특이하게도 돼지고기만으로 만들어. 소고기 양지만 쓰거나 소고기와 돼지고기를 섞어서 육수를 만드는 평양냉면과 다르지. 육수의 간은 5년 이상 묵혀 간수를 뺀 천일염과 직접 만든 메주를 띄워 만든 집간장으로 낸다더라고."

나는 메뉴판에 나와 있는 정보를 마치 자기만 아는 것처럼 떠드는 우희철이 우스웠다. 이재유와 임정연도 우희철의 말을 흘려들으며 냉면과 완자만 열심히 먹었다. 우희철은 무안해졌는지 더 말을 이어가지 않고 먹는 데 집중했다. 완자를 먹으며 휴대전화로 웹서핑을 하는데, 심준호의 카카오톡 메시지가 도착했다는 알림이 떴다.

둘째 날

— 선배들 챙기느라 고생 많겠네. 점심 식사는 잘하고 있어?

아침에 심준호가 우희철에게 보낸 편의점 모바일 상품권이 떠올라 고마웠다. 나는 냉면과 완자 사진을 찍어 심준호에게 보냈다.

— 우희철 대리님이 양평에 있는 옥천냉면 노포로 저희를 데리고 와서 먹고 있는데 정말 맛있습니다. 그리고 상품권 보내주셔서 고마워요. 감사히 잘 먹겠습니다.

심준호는 어제저녁에 보냈던 메시지처럼 웃는 얼굴 이모지 여러 개를 더하며 안부를 전했다.

— 별말씀을. 소소하지. 생각나면 종종 안부 전해줘. 나도 네 분의 여행이 어떻게 끝날지 정말 궁금하네. 수고!

우희철이 젓가락을 내려놓으며 내게 물었다.

"상익아, 나도 같이 웃자. 도대체 무슨 연락이길래 그렇게 흐뭇하게 웃냐?"

"심준호 대리님이 카톡을 주셔서요. 같이 오진 않았지만, 이렇게 따로 연락하고 챙겨주시니 고맙네요."

이재유가 고개를 갸우뚱거리며 작게 혼잣말을 했다.

"그 양반이 그렇게 살가운 사람이었던가? 의외네."

우희철이 이재유에게 핀잔을 줬다.

"준호가 나보다 후배이긴 하지만, 당신에겐 선배 아닌가? 후배가 선배에게 그 양반 운운하며 호의를 그런 식으로 받아들이는 건 예의를 밥 말아 먹은 태도 아닌가?"

이재유가 언짢은 기색을 감추지 못하고 한마디 하려는데 임정연이 헛기침하며 둘 사이에 다시 벌어지려는 신경전의 불씨를 껐다. 이후 식사를 마칠 때까지 테이블 위엔 침묵이 감돌았다. 나는 어색해진 분위기 속에서 우희철과 이재유가 멱살잡이를 벌여 아수라장이 됐던 회식 자리를 떠올렸다. 젠장. 고래 싸움에 등이 터지는 건 늘 새우다. 얼른 냉면집에서 벗어나 자전거길을 달리고 싶은 마음이 간절해졌다.

우희철은 다음 인증센터에서 대기하며 문희주를 기다리자고 제안했다. 지도앱으로 확인해보니 다음 인증센터가 있는 양평군립미술관은 냉면집에서 자전거길을 따라 약 4km 달리면 나오는 가까운 곳이었다. 임정연이 계산을 마치는 사이에 먼저 냉면집 밖으로 나와 자전거를 챙기던 우희철이 얼굴을 찡그리며 아랫배를 살살 문질렀다. 다 함께 다음 인증센터로 출발하려는데 우희철이 자전거를 멈춰 세웠다.

"아…… 갑자기 속이 안 좋네. 나 화장실에 잠깐 다녀올게."

나는 이재유와 임정연에게 냉면집 옆에 세워진 간이 휴게실을 가리켜 보였다.

"저기서 잠깐 커피 한잔하며 기다리실래요? 아까 계산

하고 나올 때 커피 자판기가 보이더라고요."

　셋이 자판기에서 커피를 뽑아 마시는 사이 우희철이 화장실에서 나와 일행을 찾았다. 나는 마시던 커피를 그대로 두고 다시 자전거를 세워둔 곳으로 나왔다. 우희철은 임정연과 마주 앉아 커피를 마시는 이재유의 뒷모습을 보고 목소리를 높여 재촉했다.

　"어이! 이제 출발하지? 언제까지 커피나 마실 거야?"

　다시 다음 인증센터로 출발하려는데, 우희철이 자전거를 타다 말고 오만상을 썼다.

　"속이 왜 이러지……."

　다시 다급히 화장실로 달려가는 우희철의 뒷모습을 바라보며 이재유가 오만상을 썼다.

　"아주 지랄을 한다, 지랄을 해."

　이재유는 간이 휴게실로 다시 발걸음을 옮기며 임정연에게 말했다.

　"남은 커피나 마저 마시면서 기다리죠."

　5분, 10분, 15분…… 우희철은 한참 동안 화장실에서 나오지 않았다. 이재유는 빈 종이컵을 구기며 짜증을 냈다. 임정연은 말없이 휴대전화만 들여다보며 다 식어버린 커피를 홀짝였다. 내가 우희철에게 전화해볼까 말까 고민하는 사이, 화장실에서 나온 우희철이 멋쩍은 표정을 지으며 휴게실로 걸어들어왔다.

"미안. 이제 출발하자고."

자전거에 오르던 이재유가 우희철에게 지나가듯 말했다.

"휴지라도 미리 챙겨야 하는 거 아닌지 모르겠네. 가다가 또 신호가 오면 난감해질 텐데."

우희철이 자전거에 오르려다 말고 이재유를 쏘아보며 목소리를 깔았다.

"모르겠네? 난감해질 텐데? 말이 좀 짧다?"

이재유는 우희철에게 눈길도 주지 않은 채 건성으로 응수했다.

"니에 니에. 정정하죠. 휴지라도 미리 챙겨야 하는 거 아닌지 모르겠네……요? 가다가 또 신호가 오면 난감해질 텐데……요? 됐습니까?"

우희철이 이재유의 자전거 뒷바퀴를 세게 발로 찼다. 이재유가 자전거와 함께 쓰러졌다. 나는 다급하게 뛰어가 이재유를 일으켰다. 당황한 우희철은 이재유를 외면하며 쭈뼛거렸다. 이재유는 우희철에게 다가가려다가 임정연을 힐끗 바라보더니 멈추고 돌아섰다.

"그냥 내가 참는다. 내가 참아."

이재유가 넘어진 자전거를 일으켜 세워 올라탔다가 도로 내려오더니 쭈그려 앉아 뒷바퀴를 살폈다. 바람이 빠진 듯 뒷바퀴가 내려앉아 있었다. 이재유가 자리에서 일어나며 깊은 한숨을 내쉬었다.

"우 대리님. 그쪽이 발로 차서 이 지경이 됐으니 책임지고 손 보시죠."

우희철은 억울하다는 듯 어깨를 으쓱거리며 항의했다.

"고작 발로 한번 찼다고 타이어가 펑크 나는 게 말이 돼? 원래부터 이상이 있던 거 아냐?"

"조금 전까지 멀쩡했던 뒷바퀴가 왜 지금 퍼집니까? 우 대리님이 발로 차서 이 지경이 된 거 아닙니까?"

이재유는 자전거를 도로 세워두고 간이 휴게실로 향했다.

"기다리고 있을 테니까 얼른 손 보시죠. 아니면 본인 자전거를 제게 내놓고 여기에 남으시든가."

임정연은 우희철과 이재유의 신경전에 질렸다는 듯 짜증스러운 표정으로 담배를 피워 물었다. 나는 냉면집으로 되돌아가 종업원에게 자전거펌프가 있는지 물었지만, 종업원은 고개를 저었다. 대신 종업원은 가까운 자전거 출장 수리 서비스 업체 전화번호를 알려줬다. 나는 그곳에 전화를 걸어 수리 기사를 호출했다. 업체 측은 기사가 30분 후 냉면집에 도착할 예정이라고 전했다. 그 시간 동안 네 사람은 간이 휴게실에 서로 떨어져 앉은 채 말없이 기사를 기다렸다.

이재유의 자전거 뒷바퀴 튜브를 교체하고 양평군립미술관 인증센터에 도착했을 때, 시간은 오후 1시를 지나고 있었다. 서울 방향에서 오는 여러 라이더가 인증센터에 자전거를 세우고 인증수첩에 스탬프를 찍은 뒤 휴식을 취하는 모습이 눈에 띄었다. 나도 인증수첩을 펼쳐 양평 군립미술관 위치에 도장을 찍었다. 능내역 인증센터와 달리 스탬프 잉크가 축축해 미술관 건물 모양의 도장이 수첩에 짙게 번졌다. 입으로 수첩에 바람을 불어 잉크를 말리는데 인증센터 바깥에서 임정연이 나를 부르는 목소리가 들렸다. 그 소리를 듣고 재빨리 나가보니 다들 난감한 표정으로 휴대전화만 바라보고 있었다. 나는 임정연에게 조심스레 물었다.

"무슨 일이에요?"

"과장님 인스타를 살펴봐요."

문희주의 인스타그램 계정에는 양평군립미술관 인증센터 사진이 올라와 있었다. 사진이 올라온 시간은 20분 전이었다. 우희철은 두 손으로 머리를 감싸며 어이없어 했다.

"이건 무슨 홍길동도 아니고…… 우리가 냉면집에 있는 동안 여길 지나쳤다는 말인데. 상익아, 혹시 모르니까 과장님께 전화 한번 해봐라. 불쌍해서 나중에 응답해줄지 모르잖아."

둘째 날

문희주는 전화를 받지 않았다. 나는 인증수첩을 주머니에 챙겨 넣으며 우희철에게 말했다.

"지금이라도 얼른 자전거를 타고 과장님을 쫓아가야 하지 않을까요?"

"이 정도 속도면, 나 혼자 달리면 몰라도 우리 넷이 자전거를 타고 가는 속도로는 못 쫓아가. 과장님 진짜 빠르네."

"그러면 어떡해요? 그냥 이대로 있자고요?"

"일단 생각 좀 해보고 움직이자."

이재유가 발끝으로 땅을 차면서 우희철에게 따졌다.

"아까 대리님이 제 자전거를 발로 차지만 않았어도 이런 일은 벌어지지 않았을 것 아닙니까. 이게 무슨 똥개 훈련입니까. 진짜 돌아버리겠네."

"이 주임이 똑바로 예의를 차렸으면 내가 그랬겠어?"

이재유가 화를 삼키며 나지막하게 말했다.

"그러면 똥이나 지리지 말든가, 진짜."

우희철이 발끈하며 이재유에게 다가왔다.

"씨바, 어이가 없네. 말 다 했냐?"

임정연이 벤치에서 일어나 둘에게 목소리를 높였다.

"이미 벌어진 일을 두고 책임소재를 따지는 게 무슨 소용이에요? 언제까지 여기서 계속 자전거를 탈 거예요? 정말 국토종주라도 할 작정이에요? 죽이 되든 밥이 되든

빨리 과장님을 만나서 결판을 봐야 할 거 아니에요? 안 그래요?"

임정연이 화내는 모습을 처음 본 우희철과 이재유는 순간 얼어붙었다. 나는 인증센터 안에 붙어 있던 자전거 운송 용달차 광고지를 떠올리며 우희철과 이재유 사이에 끼어들었다.

"자전거로 못 쫓아가면 차로 쫓으면 되지 않을까요?"

우희철이 대놓고 내 의견을 무시했다.

"너는 지금 그게 말이냐 방귀냐. 차는 무슨 차?"

이재유가 우희철을 제지하며 내게 물었다.

"일단 들어나 보고 말인지 방귀인지 판단합시다. 상익 씨, 좀 더 자세히 말해봐."

나는 인증수첩을 꺼내 남한강자전거길 페이지를 펼쳐 셋에게 보여주며 설명했다.

"과장님이 조금 전에 여기를 지나가셨다면 지금쯤 이 포보 인증센터 방향으로 달려가고 계실 겁니다. 그럼 다음 인증센터가 있는 여주보나 강천보에 우리가 차를 타고 먼저 도착해 기다리면 과장님을 만날 수 있지 않을까요? 그러니까……."

우희철이 답답해하며 내 말을 끊었다.

"그러니까, 그 차를 어디에서 구하느냐고 이 사람아! 참 답답하네."

나는 인증센터 안에서 촬영한 자전거 운송 용달차 광고지 사진을 우희철에게 보여줬다.

"이걸 불러서 짐칸에 자전거를 싣고 이동하면 되지 않을까요? 광고지를 살펴보세요. 더블캡이니까 자전거 네 대를 모두 싣고 우리도 다 탈 수 있어요."

내 말에 이재유가 고개를 끄덕이더니 손뼉을 쳤다.

"그러네. 상익 씨 말이 맞네. 이렇게 하면 되겠네. 정연 씨 생각은 어때요?"

임정연도 고개를 끄덕이며 내 의견에 동의했다.

"저도 상익 씨 말이 맞는 것 같아요. 그런데 우리는 어디서 기다리는 게 좋을까요?"

우희철이 내게서 인증수첩을 가져가더니 충주탄금대를 가리켰다.

"과장님은 아마 여기에서 하루를 묵으실 거야."

이재유가 비웃음을 섞어 우희철에게 물었다.

"무슨 근거로 그런 장담을 하십니까? 우 대리님?"

우희철은 이재유를 무시한 채 임정연을 바라보며 설명을 이어갔다.

"서울을 벗어난 자전거길 구간은 가로등이 별로 없어서 야간 라이딩이 위험하고 어려워. 숙소도 많지 않고. 야간 라이딩을 피하려면 숙소 위치를 신경 쓰면서 달려야 해. 도시가 띄엄띄엄 나오니까. 여기 인증수첩에도 나와 있듯이 숙소를 잡을 만한 가장 가까운 곳은 여주 시내 옆에 있는 여주보, 그다음은 충주야. 여기서 여주보까지는 두 시간도 안 걸려. 시간이 이렇게 이른데 설마 과장님이 여주에 숙소를 잡겠어? 그러니까 답은 충주지. 과장님 달리는 속도를 보니까 해 질 녘쯤 충주에 도착하시겠네."

우희철은 인증수첩에서 비내섬을 가리켰다.

"우리는 여기서 과장님을 기다리는 거야."

임정연이 고개를 갸웃거렸다.

"어차피 충주로 오실 거면 탄금대에서 기다리는 게 낫지 않아요?"

우희철은 임정연에게 자신만만한 표정을 지어 보였다.

"탄금대 인증센터는 오가는 라이더들이 많은 데다, 날이 어두워지면 사람 얼굴을 알아보기 어려워. 거기서 해가 질 때까지 버티고 기다리면 지루하기도 하고, 눈앞에서 과장님을 보고도 놓칠 수가 있어. 그러면 충주 시내에서 과장님을 무슨 수로 찾아. 비내섬과 바로 전 인증센터인 강천보 사이의 거리가 거의 30km이고, 비내섬에서 탄금대까지 거리는 그보다 더 길어. 비내섬에서 반드시 쉬었다 갈 수밖에 없어. 그리고 비내섬에는 휴게소가 있어서 간단히 식사도 할 수 있어. 풍경이 좋아서 여러 드라마를 촬영한 곳이기도 하고."

우희철은 이재유를 바라보며 비릿하게 웃었다.

둘째 날

"경험자 말을 좀 믿어라."

우희철의 설명은 근거와 논리가 확실해 반박할 구석이 없어 이재유도 얼굴만 붉힐 뿐이었다. 나는 용달차 기사에게 전화해 목적지를 밝혔다. 기사는 자전거 한 대당 4만 원을 불렀다. 가격이 생각보다 센 편이어서 호출을 망설이는데 임정연이 선택의 여지가 없으니 차를 부르라고 종용했다. 용달차는 20분 후에 도착했다. 임정연은 조수석에 올랐고 이재유는 뒷좌석 왼쪽 자리, 우희철은 오른쪽 자리에 앉았다. 나는 우희철과 이재유 사이의 좁은 가운데 자리에 앉아 둘의 눈치를 봤다.

용달차는 거의 한 시간을 달려 비내섬에 도착했다. 용달차에서 내렸을 때 두 눈에 들어온 풍경은 드넓은 갈대밭이었다. 높고 푸른 하늘과 어우러진 갈대밭 풍경은 그야말로 장관이었다. 〈전우치〉, 〈불의 여신 정이〉, 〈정도전〉, 〈사랑의 불시착〉…… 우희철의 말대로 비내섬은 여러 드라마를 촬영했음을 홍보하는 표지판이 꽤 많이 보였다. 관광버스 여러 대가 공터에 주차하며 관광객을 바깥으로 쏟아냈다. 지금까지 뭐 하느라 저들처럼 이런 풍경도 즐기지 못하고 살았나. 문득 서글픈 기분을 느끼며 용달차에서 자전거를 내렸다.

우희철은 휴게소에서 주문한 고기만두, 김치만두, 갈비만두를 앞에 두고 다음 계획을 밝혔다. 양평군립미술관에서 비내섬까지 거리는 약 70km. 자전거로 네 시간 거리이고, 문희주가 인스타그램에 양평군립미술관 인증센터 사진을 올린 지 두 시간 지났으니, 앞으로 두 시간 내 비내섬에 도착할 거라는 게 우희철의 설명이었다. 휴게소에서 한 시간 반 정도 쉬다가 오후 4시 이후부터 길목에서 기다리면 문희주를 만날 가능성이 크다고 우희철은 확신에 찬 목소리로 강조했다.

나는 만두를 먹고 휴게소 바깥으로 나와 갈대밭을 거닐었다. 강으로 눈을 돌리니 익숙한 드라마 속 장면이 풍경 위로 겹쳐졌다. 〈사랑의 불시착〉 주인공 '윤세리'가 한국으로 돌아가기 전에 북에서 만나 정든 부대원들과 함께 떠났던 소풍 장면. 어린아이처럼 해맑게 웃으며 즐기던 배우들의 모습을 보며 가슴이 찡해져 나도 모르게 눈물을 흘렸던 기억이 떠올랐다. 생각해보니 업무가 아닌 목적으로 이렇게 먼 곳까지 와본 게 처음이었다. 언제 다시 이런 풍경을 눈에 담을 날이 올까. 나는 휴대전화를 꺼내 눈앞의 풍경을 사진으로 담았다.

오후 4시부터 길가에 자전거를 세워둔 채 비내섬을 오가는 라이더들을 살폈다. 문희주를 기다리면서 수시로 인스타그램 계정을 살피는데 심준호의 카카오톡 메시지가 도착했다는 알림이 떴다.

— 어디까지 갔어? 여행은 할 만하신가?

수시로 연락해 안부를 묻는 심준호가 고마웠다.

— 비내섬이라고 드라마 촬영을 많이 한 곳입니다. 여기서 과장님을 기다리며 대기 중이에요.

나는 오가는 라이더가 없는지 힐끗거리며 심준호와 메시지로 이런저런 잡담을 나눴다. 심준호는 자기가 보낸 편의점 모바일 상품권을 우희철이 혼자 꿀꺽할지도 모르니 사용할 수 있는 편의점이 보이면 얼른 쓰게 유도하라고 귀띔했다. 나는 키득거리며 심준호와 함께 우희철의 흉을 보려다가 자제했다.

오후 5시가 다 되어가는데도 문희주의 모습이 눈에 띄지 않았다. 초조한 표정으로 휴대전화와 자전거길을 번갈아 확인하던 우희철이 고개를 숙였다. 그 모습을 본 나는 뭔가 잘못됐음을 느끼고 문희주의 인스타그램 계정을 확인했다. 계정에는 김이 모락모락 올라오는 갈비탕 사진이 올라와 있었다. 여주시라는 위치 정보와 "오늘은 여기서 1박"이라는 짧은 문구와 함께. 이재유는 우희철에게 분통을 터트렸다.

"무조건 충주라면서요! 이건 도대체 무슨 상황입니까?"

우희철이 내게 힘없이 물었다.

"과장님이 너한테 따로 회신한 적 없지?"

나는 말없이 고개를 끄덕였다. 이재유가 우희철에게 다

가가 따져 물었다.

"다음 계획은 뭡니까?"

"이건 정말 말도 안 되는 상황이야. 상식적으로 생각하면 과장님 거기 머물면 안 돼."

"말이 되는지 안 되는지는 모르겠고요, 이젠 어떡할 겁니까?"

우희철은 팔짱을 낀 채 잠시 고민하다가 입을 열었다.

"일단 숙소를 잡자. 해 넘어가면 자전거 타기 힘들어."

이재유는 두 손을 허리에 짚으며 한숨을 푹푹 내쉬었다.

"하아…… 숙소요? 도대체 어디에 숙소를 잡을 겁니까?"

"충주로 가야지 뭐. 여주로 거슬러 올라갈 순 없잖아."

나는 우희철에게 물었다.

"용달차를 다시 부를까요?"

우희철은 고개를 저었다.

"여기서 두 시간 정도만 자전거를 타고 가면 충주가 나와. 뭐 하러 비싼 용달차를 또 불러. 거기로 가면 숙소도 많고 식당도 많아. 이왕 여기까지 왔는데 조금만 더 페달을 밟자. 해가 지기 전에 충분히 도착할 수 있으니까."

우희철의 말과 달리 해는 빠르게 서쪽으로 기울었다. 땅거미가 내리더니 사위가 금방 어두워졌다. 자전거길 주변 밭에서 수확되지 못한 수많은 고추가 썩어가고 있었

둘째 날

다. 그 모습이 음산하게 느껴졌다. 길어지는 그림자를 바라보니 지금이라도 용달차를 불러야 하는 것 아니냐는 말이 목구멍에서 맴돌았다. 우희철이 그런 내 마음을 읽기라도 한 듯 19km만 더 가면 탄금대가 나온다고 외쳤다. 20km라면 몰라도 19km는 용달차를 부르기에 뭔가 아쉬운 기분이 드는 거리였다. 이재유와 임정연도 비슷한 기분인지 다른 말을 하지 않고 페달을 밟았다. 안장에 닿는 엉덩이 부위의 통증이 다시 심해지고, 핸들을 움켜쥔 손바닥이 저리기 시작했다.

탄금대를 약 10km 남겨두고 예상치 못한 상황이 다시 벌어졌다. 느닷없이 공사를 알리는 표지판과 함께 비포장 도로가 나타난 것이다. 도로 초입에는 자전거 진입을 막는 바리케이드까지 세워져 있었다. 우희철은 불안한 눈빛으로 바리케이드 너머를 바라보며 탄식했다.

"아 씨발…… 좆됐네……."

이재유가 자전거를 길가에 거칠게 세우고 우희철을 몰아붙였다.

"이제 다음 계획은 뭡니까? 아니, 계획이 있기나 한 겁니까? 우, 희, 철, 대리님?"

우희철이 입술을 깨물었다.

"용달차를 부를 수도, 되돌아갈 수도 없으니, 길을 뚫을 수밖에."

우희철의 대책 없는 말을 들으니 온몸에서 힘이 빠졌다. 임정연은 바닥에 주저앉아 담배를 피워 물었다. 이재유가 우희철의 어깨를 밀쳤다.

"이보세요! 말이 되는 소리를 좀 합시다! 무작정 이 길을 가다가 무슨 일이 생기면 당신이 책임질 거예요? 네?"

우희철도 이재유의 어깨를 밀치며 소리쳤다.

"그러면 어쩔 건데! 이 길밖에 없는데! 이 길을 갈아엎고 공사를 벌일 줄 내가 설마 알았겠나? 길바닥에서 잘 거야? 이제 조금만 더 가면 충주가 나온다고!"

임정연이 담배를 바닥에 비벼 끄며 체념하듯 말했다.

"그러게요. 이 길밖에 없고, 용달차도 부를 수 없는 상황인데, 뭘 어쩌겠어요. 날이 더 어두워지기 전에 바리케이드를 넘어가요. 이제 얼마 남지도 않았는데."

임정연이 그렇게 나오자 이재유도 우희철을 더 몰아붙이지 않았다. 우희철을 시작으로 이재유, 임정연, 내가 차례로 자전거를 들고 바리케이드를 넘었다. 어두워진 하늘이 검푸른 빛으로 물들었다.

탄금대까지의 거리는 쉽게 좁혀지지 않았다. 야간 라이딩을 전혀 대비하지 않았던 터라 자전거에 헤드라이트를 부착한 사람이 아무도 없었다. 우희철은 한 손으로 자전거 핸들을 잡고, 한 손으로 플래시를 켠 휴대전화를 들어 앞을 비췄지만 어둠을 밝히기엔 역부족이었다. 어둠이

둘째 날

내리깔린 비포장도로는 더 거칠게 느껴졌다. 자전거를 끌고 걸어가는 내내 노면의 요철을 고스란히 몸으로 느낄 수 있었다. 그런 와중에 느닷없이 산에서 비명이 들려와 온몸의 털이 곤두서는 공포를 느꼈다. 이재유가 자전거를 세우더니 목소리를 떨었다.

"지, 지금, 이게, 무슨 소리지? 사람, 비명 소리, 아냐?"

임정연도 나처럼 공포에 질린 듯 자전거를 세운 채 미동도 하지 않았다. 우희철이 대수롭지 않다는 듯 뒤돌아보며 너스레를 떨었다.

"에이. 쫄기는. 다들 저 소리 처음 들어봐?"

아무도 대답하지 않자 우희철이 허세를 부렸다.

"이러니까 서울 촌놈 소리를 듣지. 저거 고라니 울음소리야, 고라니. 고라니 몰라?"

이재유가 아무렇지 않은 척 목소리에 힘을 실었다.

"어렸을 때 고향에서 밤마다 듣던 소리입니다. 오랜만에 들으니까 반갑긴 한데, 저 소리는 알고 들어도 적응이 안 되네요."

우희철이 목소리를 가늘게 뽑으며 이재유를 조롱했다.

"어휴! 그러셨어요? 목소리를 하도 떠셔서 똥이라도 지린 줄 알았습니다?"

고라니 울음소리가 여기저기서 합창하듯 들려왔다. 이재유의 말처럼 정체를 알고 들어도 적응하기 어려운 끔찍한 소리였다. 너스레를 떨던 우희철도 입을 닫고 다시 앞장서서 길을 열었다. 나머지도 말없이 그 뒤를 따랐다.

다행스럽게도 얼마 지나지 않아 비포장도로가 끝나고 가로등 불빛이 보였다. 다시 자전거에 올라 페달을 밟다 보니 조정지댐이라는 이름을 가진 작은 댐에 닿았다. 여기서 만난 이정표 앞, 우희철과 이재유의 의견이 갈렸다. 이정표는 충주댐과 탄금대를 각각 가리키고 있었다. 그런데 충주댐으로 향하는 자전거 도로에는 '국토종주'라는 표시가 있었고, 탄금대로 향하는 자전거 도로에는 그 표시가 없었다. 우희철은 당연히 목적지인 탄금대로 바로 가야 한다고 주장했고, 이재유는 탄금대로 가는 길에는 '국토종주' 표시가 없으니 지도앱으로 자세히 확인하고 가자고 맞섰다. 우희철은 자기가 예전에 왔던 길이라며 이재유의 의견을 묵살했다.

탄금대로 향하는 코스는 비포장도로와는 다른 방식으로 고됐다. 호수 주변에 설치된 나무 덱으로 만들어진 자전거 도로를 지나자 공도가 나왔다. 공도에는 많은 차량이 오가고 있었고, 자전거를 타기엔 갓길이 좁고 부실했다. 헤드라이트는커녕 후미등도 없으니 야간에 자전거를 타고 가기엔 무척 위험한 도로였다. 속도를 줄이지 않고 달리는 자동차 때문에 감히 안장에 올라 페달을 밟을 엄두를 내지 못했다. 일부러 크게 경적을 울리는 화물차도 많았다. 고막을 찢을 듯 울리는 경적은 고라니 울음소리보다 더 무서웠다. 화물차가 곁을 스쳐 지나갈 때마다 몸이 휘청거려 균형을 잡기가 어려웠다. 탄금대 인증센터까지 이어지는 마지막 코스는 마치 곡예사가 외줄 타기를 하듯 아슬아슬함의 연속이었다. 인증센터에서 멀지 않은 충주역 주변에 숙소를 잡은 후 늦은 저녁을 먹으려고 해장국집에 도착했을 땐 모두 만신창이 상태였다.

　우희철과 이재유가 입씨름을 벌이는 사이에 내가 느낀 감정은 어이없게도 즐거움이었다. 최근 몇 년 사이 오늘만큼 극적인 하루가 없었다. 높고 푸른 하늘, 자전거길을 따라 늘어선 풀과 나무, 열차 대신 자전거가 오가는 폐철도 터널, 능내역에서 인증수첩에 찍은 도장, 바람에 흔들리며 물결치던 비내섬의 드넓은 갈대밭, 갑자기 나타나 애를 먹인 비포장도로, 사람 비명보다 끔찍했던 고라니 울음소리, 그 소리보다 더 무서웠던 화물차 경적, 생전 처음 와본 충주…… 이 모든 걸 단 하루 사이에 경험했다는 사실이 믿기지 않아 웃음이 새어 나왔다. 우희철이 그런 나를 흘겨봤다.

　"넌 뭐가 그렇게 웃겨?"

　"저, 소주 한잔하고 싶어서요. 이모님! 여기 소주 한 병 주세요!"

주방에서 설거지하던 할머니가 손에서 물기를 털며 다가왔다.

"어떤 걸로 드릴까?"

"이왕 멀리까지 왔는데, 지역 소주 마실게요. 다들 괜찮으시죠?"

할머니가 테이블에 놓고 간 소주에는 '시원'이라는 낯선 상표가 붙어 있었다. 나는 우희철, 이재유, 임정연의 빈 잔에 차례로 소주를 채웠다. 이재유가 내 빈 잔에 소주를 따르며 물었다.

"상익 씨는 뭐가 그렇게 신이 나? 즐거워?"

나는 소주잔 위에 떠 있는 내 얼굴을 내려다보며 미소를 지었다.

"그냥, 고생스럽긴 한데 재미있는 하루였어요. 이런 경험은 살면서 처음이거든요."

우희철이 먼저 잔을 비우고 코웃음을 쳤다.

"개뿔. 재미있는 일이 그렇게도 없냐?"

임정연이 냄비에서 건져낸 뼈다귀에 붙은 살을 젓가락으로 바르며 무심하게 말했다.

"우 대리님이 그런 말 하실 처지는 아니지 않나요?"

우희철은 신음을 내며 입술을 굳게 다물었다. 임정연은 소주를 꺾어 마신 후 가볍게 웃었다.

"그런데 사실, 저도 재미있었어요. 요 몇 년 사이에 오

둘째 날

늘처럼 다채로운 경험을 했던 하루가 또 있었나 싶더라고요. 솔직히 회사 일 따분하잖아요."

임정연도 나와 비슷한 감정을 느꼈다는 고백이 놀라웠다. 그런 임정연의 반응을 본 우희철의 얼굴에 화색이 돌았다.

"그치? 고생스러워도 지나고 나면 다 추억이 된다니까?"

비포장도로 위에서 끝이 없어 보이던 어둠이 가로등 불빛을 만나 서서히 걷히던 순간을 떠올렸다. 가슴이 두근거렸다. 크든 작든 무언가를 시작해 포기하지 않고 끝을 보기는 정말 오랜만이었다. 나는 잔을 한입에 털어 넣고 손등으로 입술을 닦았다.

"아까 우 대리님과 정류장에서 버스를 기다리다가 병원 광고를 봤어요. 그 광고에 초등학교 동창 여자애가 가운을 입고 서 있더라고요. 공부를 곧잘 하는 저를 부러워하던 평범한 애였는데. 멘붕이 오더라고요. 인제 와서 이런 말 하기 부끄러운데, 사실 의대에 가고 싶었거든요. 물론 실패했지만. 제가 유리 멘털이어서 후유증이 오래가더라고요. 그래서 뭐든 어려워 보이면 피해 다녔어요. 욕심 없이 적당히 살아야겠다고 다짐하면서."

임정연이 흥미롭다는 눈빛을 보이며 내게 물었다.

"그래서 욕심이 사라지던가요?"

109

나는 고개를 저으며 쓸쓸하게 웃었다. 임정연이 다시 내게 물었다.

"지금이라도 의사가 되고 싶어요?"

임정연이 쏜 말의 화살이 몹시 아팠다. 나는 빈 잔에 직접 소주를 따르고 바로 비웠다.

"특별히 무언가가 되고 싶다는 마음은 없어요. 솔직히 말하자면, 남들 눈에 있어 보이는 직업과 삶이라면 뭐든 좋겠어요. 아직도 정신을 못 차렸나 봅니다."

임정연이 갑자기 말의 화살을 돌려 이재유에게 겨눴다.

"그래서 이 주임께선 하고 싶었던 일을 포기하고 지금처럼 사니까 만족해요?"

이재유는 눈을 크게 뜨며 반문했다.

"왜 갑자기 저를 찌르세요?"

임정연이 대답 대신 잔을 들고 노래를 흥얼거리기 시작했다.

"해 저문 길에, 슬픈 바람이 분다, 오래전 나를 스쳤던 바람이. 술잔 너머로, 흐리게 비치는 너, 뜨겁고도 서늘했던 기억이."

나도 잘 아는 노래였다. 몇 년 전 인디 뮤지션으로 활동하다가 유명 예능 프로그램에 출연해 스타덤에 오른 싱어송라이터 지유권의 히트곡 「가을을 닮은 여름」. 청춘의 좌절과 아픔을 고요하게 응시하며 재기를 다짐하는 모습을 그린 시적인 가사로 김광석의 대표곡「서른 즈음에」
21세기 버전이라는 찬사를 받은 노래다. 우희철도 노래
를 아는 눈치였다. 이재유의 표정이 굳어졌다.

"그만하시죠."

임정연은 그런 이재유의 태도에 아랑곳하지 않았다.

"이런 좋은 노래를 만드신 분이 음악을 관두는 건 정말
아까운 일 아닌가요?"

이재유가 신경질적으로 자기 잔을 비운 뒤 단호하게
말했다.

"다 지나간 일입니다!"

우희철이 놀라서 이재유의 얼굴을 살폈다.

"이 노래를 만든 게 정말, 당신이라고? 진짜?"

놀란 나도 휴대전화로 노래를 검색해 작곡자를 살폈다.
그런데 작곡자는 이재유가 아닌 지유권이었다.

"그런데 인터넷에는 왜 작곡자가 지유권이라고 나오
죠?"

이재유는 창밖을 바라보며 복잡한 표정을 지었다. 우
희철은 노래에 얽힌 사연이 궁금해졌는지 이재유의 잔에
소주를 채우며 은근한 눈빛을 보냈다. 이재유가 임정연에
게 물었다.

"어떻게 알았어요? 제가 그 곡을 만들었다는 거."

임정연의 시선이 잠시 우희철에게로 옮겨졌다가 다시

이재유에게로 돌아왔다.

"저번 워크숍 때 말씀하셨잖아요. 스매시에서 기타를 치셨다고. 그 말을 듣고 눈치챘어요."

"그걸로 어떻게 눈치를 채요?"

임정연은 대답 대신 잔에 남은 소주를 비우고 말을 돌렸다.

"노래에 이런 가사가 있잖아요. 시간은 흐르고, 계절은 다시 돌아와, 기억을 기억으로 묻어버린다…… 저 그 가사 덕분에 힘들었던 시절을 견딜 수 있었어요. 온종일 그 노래만 반복해 들었던 적도 있고요. 노래가 고마워서 이 것저것 알아보는데, 이상한 소문이 돌고 있더라고요."

임정연은 바로 말을 잇지 않았다. 우희철이 궁금해 몸이 달았는지 임정연의 빈 잔에 소주를 따르며 다음 이야기를 재촉했다.

"무슨 소문인데?"

임정연은 동의를 구하려는 듯 이재유를 말없이 바라봤다. 이재유가 침묵으로 동의하자, 임정연은 작은 목소리로 말했다.

"지유권이, 노래를 훔쳤다는 소문요. 디시인사이드 인디 밴드 갤러리에 올라왔다가 지워졌던 글을 봤어요."

임정연의 설명은 이러했다. 글의 작성자는 자신을 밴드 스매시 출신 기타리스트에게서 기타 레슨을 받았던 수강

생이라고 밝혔다. 작성자는 기타리스트가 만들었다는 곡을 여러 차례 모니터했는데, 모 예능 프로그램에 게스트로 출연한 지유권이 자기가 만든 곡이라며 그 곡을 불러 인기를 얻는 모습을 보고 놀랐다고 고백했다. 그렇다면 둘 중 한 사람이 거짓말을 하고 있다는 얘긴데, 아무래도 지유권이 거짓말하고 있는 것 같다는 게 작성자의 추측이었다. 우희철이 조심스레 이재유에게 물었다.

"정연 씨가 한 말, 사실이야?"

이재유는 귀찮다는 표정을 지으며 뼈다귀에 붙은 살을 뜯었다.

"인제 와서 그게 사실인지 거짓인지 뭐가 중요해? 의미 없어."

나는 마치 내가 억울한 일이라도 당한 것처럼 화가 치밀었다.

"당연히 중요하죠! 그게 보통 히트곡이에요? 떼돈을 벌었을 텐데. 소송이라도 걸어야 했던 거 아닌가요?"

이재유는 살을 바른 뼈다귀를 수거통에 던져 넣으며 허탈하게 웃었다.

"그게 말이지, 쉬운 문제가 아니었어."

이재유가 밝힌 노래의 주인이 바뀐 속사정은 이러했다. 밴드 스매시에서 다른 멤버들과 음악적으로 충돌해 탈퇴한 후 솔로 앨범을 준비하며 만든 곡 중 하나가 「가을을 닮은 여름」이었다. 평소 알고 지내던 지유권이 그 곡을 모니터한 뒤 마음에 든다며 자기한테 달라고 부탁했다. 흔쾌히 부탁을 받아들였는데, 지유권이 예능 프로그램에 출연해 그 곡을 선보이며 자신이 만든 곡이라고 거짓말 했다. 지유권은 이재유에게 개인적으로 사과함과 동시에 300만 원을 주면서 그 곡을 자신이 만든 거로 하면 안 되겠냐고 읍소했다. 이재유는 마뜩잖았지만, 어차피 지유권에게 주기로 한 곡인 데다 연습실 월세도 밀린 상황이어서 더 따져 묻지 않았다. 그랬던 곡이 엄청난 인기를 끌어 지유권을 스타로 만들어주리라고는 상상도 하지 못했다. 나를 포함해 이재유의 고백을 들은 모두가 경악했다. 이재유의 얼굴에 씁쓸한 미소가 물들었다.

"처음엔 억울했지. 많이 억울했어. 그런데 시간이 흐르고 나서 이런 생각이 들더라. 그 노래를 내가 불렀다면 과연 그 정도로 히트 쳤을까? 노래가 주인을 찾아간 게 아닐까?"

"아무리 그래도 그렇지, 그걸 그렇게 묻어버리고 넘어가요?"

이재유는 고개를 돌려 창밖을 바라봤다. 유리창에 비친 이재유의 얼굴이 쓸쓸해 보였다.

"히트곡을 만든 작곡가가 직접 자기 노래를 불러 인기가수가 되는 경우는 거의 없어. 연습실 월세가 급하다고 푼돈 받고 저작권까지 그 친구에게 넘긴 건 경솔했지. 하지만 그 또한 내가 선택한 거잖아. 인제 와서 그런 진실을 밝힌다? 누워서 침 뱉기야. 그렇다고 지유권이 여기저기서 활약하는 모습을 보며 음악 활동을 하기에는, 내가 대인배가 못 되더라. 그게 음악을 때려치운 이유야."

임정연이 지금까지 회사에서 볼 수 없었던 따뜻한 눈빛과 미소를 내비치며 이재유를 위로했다.

"세상 사람 누가 뭐라 해도 그 노래를 만든 사람은 이주임, 아니 기타리스트 이재유잖아요. 슬픈 기억 때문에 괴로웠던 시절이 있었는데, 기억을 기억으로 묻어버린다는 가사가 제게 큰 위로가 됐어요. 과거의 기억 위에 새로운 기억을 두껍게 쌓으면 슬픔이 사라질 거라는 믿음으로 용기 낼 수 있었거든요. 그런 사람이 저뿐만이 아니었을 거예요. 기타리스트 이재유도 새로운 기억으로 지난 기억을 묻어버리면 안 될까요? 저는 싱어송라이터로 변신한 이재유의 솔로 앨범을 꼭 들어보고 싶어요. 진심으로."

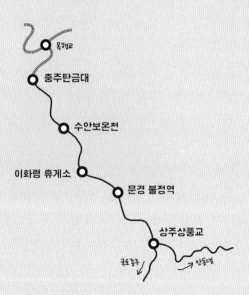

목행교

충주탄금대

수안보온천

이화령 휴게소

문경 불정역

상주상풍교

국토종주

안동댐

셋째 날

전날보다 늦게 셋째 날 여정을 시작했다. 우희철은 지난밤 뼈다귀해장국집에서 조금 여유롭게 다음 일정을 시작하자고 제안했다. 문희주가 숙소를 잡은 여주와 충주 사이의 거리는 약 60km이고, 자전거로 네 시간가량 달리면 닿는 거리이니 푹 쉬고 일어나 탄금대 인증센터에서 기다리다 보면 문희주와 마주치게 될 거라며.

문희주는 오전 8시쯤 인스타그램 계정에 강천보 인증센터 사진을 올렸다. '#낙동강으로출발'이란 해시태그와 함께. 강천보는 여주 시내에서 불과 3km 떨어진 곳이었다. 정오는 돼야 문희주가 탄금대 인증센터에 닿을 듯싶었다. 충주역 근처 김밥집에서 간단히 아침을 챙겨 먹고 탄금대 인증센터에 도착하니 시간은 오전 10시를 넘어가고 있었다. 벤치에 앉아 말없이 오가는 라이더들을 살피던 이재유가 혼잣말했다.

"우리가 설득한다고 해서 과장님이 순순히 회사로 돌아갈까. 과장님을 강제로 붙잡아 둘 수도 없는 노릇이고."

우희철이 숙소에서 챙긴 캔커피를 주머니에서 꺼내 이재유에게 다가가 건넸다.

"밑져야 본전이잖아? 과장님이 회사로 돌아가든 말든 우리가 딱히 손해 볼 것도 없고. 일단 만난 다음에 생각하자고. 마셔라."

이재유가 우희철의 느닷없는 호의에 황당해했다.

"뭐지? 독이라도 탔냐?"

"무슨 말을 그리 서운하게 하셔. 나도 당신이 만든 노래 좋아해. 팬심이라고 생각해라."

하루 사이에 180도 바뀐 우희철의 태도가 어처구니없는지, 이재유는 캔커피를 따며 쓴웃음을 지었다.

"악성 팬은 사절이다."

이재유의 말이 옳았다. 여기에서 문희주와 마주쳤다고 치자. 과연 문희주가 순순히 우리 말을 듣고 오제일에게 돌아갈까? 입장을 바꿔 생각해보면 기가 막힐 일이다. 연봉을 올리겠다는 욕심 때문에 이 먼 곳까지 자전거를 타고 자기를 추노하러 온 후배들이라니. 문희주를 붙잡아 두고 오제일을 호출한다? 말도 안 되는 소리다. 그건 납치 아닌가. 나는 임정연에게 이런 고민을 털어놓았다. 곰곰이 생각하던 임정연이 무언가 좋은 생각이 떠올랐다는 듯 눈빛을 반짝였다.

"이럴 땐 변화구를 던져야지. 우 대리님, 이 주임님! 잠깐 여기로 모이실래요?"

임정연은 일행을 모두 불러 모은 뒤 자신의 계획을 설명했다. 우리가 무슨 조폭도 아니고 여기서 이렇게 대기하고 있으면 문희주가 기겁할 것이다. 오제일이 문희주를 찾아서 회사로 데려오지 않으면 해고하겠다는 협박을 했다고 거짓말해 동정심을 유발하자. 그러려면 불쌍해 보여야 하는데, 지금 우리 꼴이 별로 불쌍해 보이지 않는다. 가능한 한 자연스럽게 불쌍한 모습을 보여주며 문희주를 설득해보자는 게 임정연의 계획이었다. 우희철이 고개를 갸웃거렸다.

"역시 우리 남자들 머리에선 나오기 힘든 그럴싸한 계획이네. 이럴 땐 감정에 호소하는 게 차라리 낫지. 그런데 어떻게 해야 불쌍하게 보이지? 여기서 분장이라도 해야 하나?"

임정연이 손뼉을 치며 말했다.

"다 같이 이화령으로 가시죠."

우희철이 놀라 눈을 크게 떴다.

"지금 농담하는 거지? 거길 우리가 왜 가?"

임정연이 우희철에게 반문했다.

"대리님께서 말씀하셨잖아요. 국토종주 코스에서 이화령까지 가는 구간이 가장 힘들고 어렵다고요. 거기까지 가다 보면 자연스럽게 몰골이 엉망인 상태로 과장님을 만날 수 있겠네요. 안 그래요?"

지난밤, 우희철은 뼈다귀해장국집에서 살짝 술에 취해 이화령에 관한 무용담을 늘어놓았다. 가파른 경사를 자랑하는 고갯길이 끝도 없이 이어지는, 국토종주 자전거길의 최대 난코스. 보통 사람은 자전거를 손으로 끌고 올라가기에도 벅찬 코스인데 자기는 처음부터 끝까지 쉬지 않고 페달을 밟아 정상에 올랐다고 우희철은 자화자찬했다. 이화령만 넘어가면 국토종주 자전거길의 남은 구간은 껌이라면서. 우희철이 임정연에게 타이르듯 말했다.

"정연 씨. 이화령 정말 장난 아니야. 거기 올라가려다가 포기하고 내려오는 사람이 한둘이 아니라니까?"

"어제도 밤에 그 생고생을 했는데, 거길 못 가겠어요? 게다가 밤도 아닌 낮인데?"

우희철은 기가 막힌다는 듯 낮은 한숨을 뱉어냈다.

"하아…… 불이 손에 닿아야 뜨거운 줄 아나. 어젠 그냥 조금 고생스러웠던 것뿐이야. 여기 이후 구간은 정말 어렵다니까? 진짜 개고생한다고!"

셋째 날

임정연의 표정은 해맑았다.

"그럼 더 잘된 거 아닌가요? 과장님 눈에 제대로 불쌍해 보이겠네."

우희철은 할 말을 잃었는지 헛웃음만 터트렸다. 나는 임정연에게 슬쩍 물었다.

"진심이세요?"

임정연의 얼굴에서 기대감이 엿보였다. 이렇게 밝은 사람이었나? 늘 아우라처럼 임정연의 주변에 감돌았던 냉기가 느껴지지 않아 놀라웠다.

"그럼요. 당연히 진심이죠."

"주임님께선 연봉 인상에 관심이 없으시다면서요. 그런데 왜 이렇게 진심이세요?"

임정연은 먼 산을 바라보며 전혀 예상치 못한 대답을 했다.

"재미있잖아요. 앞으로 살면서 언제 또 이런 경험을 해보겠어요? 상익 씨는 재미없어요? 저는 최근 몇 년 사이요 며칠이 제일 재미있는데요?"

문희주에게 자연스럽게 불쌍한 모습을 보여주자는 임정연의 말은 즉흥적인 핑계로 들렸다. 보아하니 임정연은 이화령이 어떤 곳인지 흥미로운 모양이었다. 지난밤 우희철의 무용담이 불러온 예상치 못한 나비효과였다. 하루 만에 돌변한 임정연의 태도가 어이없었지만, 한편으로는 신선한 자극을 줬다. 어제 자전거길 위에서 겪은 온갖 황당한 사건을 떠올리니, 앞으로 어떤 길이 나와도 쉽게 당황하지 않을 것 같았다.

인증수첩을 펼쳐 다음 코스를 살펴봤다. 한강을 따라 이어지는 자전거길은 탄금대에서 끝났다. 비록 완전한 코스를 경험하진 못했지만, 자전거로 한강자전거길의 끝까지 왔다는 게 뿌듯했다. 탄금대에서 이화령을 넘어 문경과 상주까지 이어지는 자전거길의 이름은 새재자전거길이었다. 문경새재에서 따온 이름인 듯했다. 새재자전거길이 끝나면 낙동강이 나오고, 그 길을 따라 쭉 달리면 부산에 닿았다. 자전거를 타고 낙동강을 따라 바다까지 가면 어떤 기분이 들까. 다음 여정이 궁금해지기 시작했다. 우희철이 다시 임정연에게 진지하게 물었다.

"어차피 여기로 올 분이잖아. 편하게 앉아 기다리면 되는데, 군이 사서 고생을 해야겠어?"

"대리님은 여기서 과장님을 만나 설득해 회사로 모시고 갈 자신이 있어요? 제 생각대로 하는 게 조금 더 가능성이 있어 보이지 않나요? 여기까지 왔는데, 연봉 인상 도전 포기하실 거예요?"

우희철은 이를 악문 채 잠시 고민하다가 눈을 질끈 감았다.

"내가 호랑이 새끼를 키웠구나. 그래. 가자. 가보자!"

셋째 날

임정연이 어깨를 축 늘어뜨리며 자전거로 향하는 우희철에게 외쳤다.

"근처 편의점에 들러 물과 간식 좀 보급하고 가요! 심대리님께서 협찬해주신 상품권도 있는데!"

우희철은 다음 인증센터가 나오는 수안보에서 점심을 먹으며 휴식을 취한 뒤 이화령으로 가자고 제안했다. 탄금대에서 수안보까지 거리는 30km가 조금 안 됐다. 넉넉잡아 두 시간가량 페달을 밟으면 닿는 거리였다. 우희철은 수안보가 '와이키키 수안보'로 불릴 만큼 온천으로 유명한 관광지인데 그냥 밥만 먹고 지나가기가 아쉽다며 입맛을 다셨다.

수안보까지 이어지는 자전거길은 어젯밤에 달린 구간처럼 공도와 많이 겹쳤지만 오가는 차가 많지 않아 위험하지 않았다. 어설프게 포장된 자전거 전용 도로보다 넓고 노면 상태가 좋아 라이딩하기에는 오히려 더 편했다. 엉덩이가 아프고 손바닥이 저렸지만 그럭저럭 견딜 만했다. 농로 사이를 지나가는 구간도 많아 고개를 돌리면 보이는 아기자기한 시골 풍경이 정겨웠다. 페달을 밟으며 천천히 경치를 구경하다 보니 신선놀음이 따로 없다는 생각도 들었다. 우희철의 경고처럼 곧 무시무시한 코스가 나온다는 사실이 믿기지 않았다.

수안보에 도착한 시각은 정오를 살짝 넘긴 뒤였다. 인증센터에 들러 인증수첩에 도장을 찍은 뒤 주위를 둘러봤다. 유명한 관광지라는 우희철의 말이 무색하게 황량했다. 돌아다니는 관광객이 보이지 않았고, 눈에 띄는 모든 건물에서 낡고 오래된 티가 났다. 오가는 사람이라고는 동네 주민으로 짐작되는 노인 몇 명이 전부였다. 마치 시간 여행을 하던 도중 80년대 거리의 어딘가에 불시착이라도 한 듯한 기분이 들었다. 이 정도면 미국 하와이 주지사가 와이키키를 참칭한 수안보에 소송을 걸어도 이상하지 않겠다는 우스운 생각이 들었다. 우희철은 자기가 내뱉었던 말이 민망했는지 호들갑을 떨었다.

"이 동네 무슨 영화 세트장 같지? 여기서 정말 영화를 촬영했다더라. 그 뭐냐, 〈와이키키 브라더스〉라고 황정민하고 류승범이 나온 영화! 그 영화 유명하잖아."

영화 제목을 들으니 기분이 가라앉았다. 고단한 밤무대 밴드 생활을 하는 고교 동창생의 모습이 지지리도 궁상맞아 서글펐던 영화. 손님이 주는 술을 억지로 받아 마시고 초점 없는 눈으로 기타를 연주하던 주인공의 얼굴이 떠올랐다. 몇 년 전, 주인공을 연기했던 배우가 지병으로 사망했다는 뉴스를 본 기억도 함께 떠올랐다. 모 영화 평론가의 말처럼 빈속에 쏟아붓는 깡소주 같던 영화였다. 이재유도 기분이 나와 크게 다르지 않은지 그만 구경하고 점심 먹을 곳이나 찾아보자고 재촉했다. 우희철은 자기가 아는 산채비빔밥집이 있는데, 맛이 괜찮은 편이라고 호언장담하며 앞장섰다.

문을 연 식당보다 닫은 식당이 더 많은 수안보에서 그 산채비빔밥집은 성업 중인 몇 안 되는 곳이었다. 꽤 많은 손님이 식사 중인 걸 보니 우희철의 호언장담이 과장은 아닌 듯했다. 나는 산채비빔밥 대신 올갱이해장국을 주문했다. 언젠가 서울에서 한번 먹어봤는데 꽤 맛있었던 기억이 났기 때문이다. 이재유도 자기 고향이 여기서 멀지 않은 충북 청주인데, 맛있어서 어릴 때 많이 먹었다며 올갱이해장국을 시켰다. 그러자 임정연도 호기심을 느꼈는지 산채비빔밥 대신 올갱이해장국으로 메뉴를 바꿨다. 우희철도 눈치를 보더니 메뉴를 통일해야 음식이 빨리 나온다면서 올갱이해장국으로 갈아탔다.

잠시 후 뚝배기 네 개가 한꺼번에 테이블 위에 올랐다. 뚝배기에서 김이 걷히자 갈색과 녹색 사이의 국물 위에 부추와 올갱이살이 잔뜩 올라와 있는 모습이 보였다. 부추와 올갱이살을 숟가락으로 휘저어 섞은 국물을 한 모금 떠먹어봤다. 칼칼한 시래기된장국에 더해진 올갱이 특유의 쌉싸래한 맛이 입맛을 돋웠다. 여기에 표고버섯, 된장에 절인 고추, 무나물, 고구마 줄기 등 밑반찬들도 맛이 준수했다. 다들 맛있게 먹어서 좋아진 분위기를 확인한 우희철이 눈치를 보다가 임정연에게 슬쩍 물었다.

"이화령까지 가겠다는 계획, 다시 고려해볼 생각 없어? 그냥 여기 수안보 인증센터에서 과장님을 기다려도 충분하지 않을까?"

임정연의 태도는 단호했다.

"그럴 거면 아까 탄금대에서 여기까지 오지도 않았죠. 자연스럽게 개고생한 모습을 보여주며 살려달라고 읍소해야 가능성이 있다니까요?"

우희철은 답답하다는 얼굴로 나와 이재유에게 물었다.

"둘도 같은 생각이야? 굳이 개고생해야겠어?"

나는 침묵으로 임정연의 의견에 동의했다. 이재유는 심드렁한 반응을 보였다.

"여기까지 왔는데 뭘 어쩌겠어. 그래도 과장님을 납치해 회사로 끌고 가야 저희 연봉이 오릅니다, 이렇게 말하는 것보다는 훨씬 가능성이 있어 보이는데?"

나는 인증수첩을 펼쳐 이화령의 위치를 확인했다. 수안보에서 이화령까지의 거리는 18km에 불과했다. 지금까지 거쳐온 각 인증센터 사이의 거리는 최소한 20km 이상이었기 때문에 18km라는 거리가 그리 부담스럽게 다가오지 않았다. 우희철이 지나치게 엄살을 떠는 게 아닌가 하는 의구심이 들었다. 휴대전화에서 카카오톡 메시지가 도착했다는 알림이 떴다. 심준호였다.

셋째 날

— 점심은 잘 먹고 있어? 가끔 생각나면 안부 전해줘. 만날 나만 안부를 물으니 괜히 서운한 마음이 드네.

몇 시간 전, 심준호가 보내준 편의점 모바일 상품권으로 산 물과 간식 생각이 났다.

— 죄송해요. 페달을 밟다 보니 정신이 없어서. 대리님도 점심 드셨나요. 저희는 수안보에서 점심을 먹고 있습니다. 보내주신 상품권 덕분에 아침에 보급 잘 했습니다. 감사합니다. 앞으로 종종 안부 전하겠습니다.

옆자리에 있던 우희철이 팔뚝으로 내 옆구리를 찔렀다.

"연애하냐? 밥 먹다 말고 뭐해?"

나는 휴대전화를 내려놓고 다시 숟가락을 들었다.

"심 대리님이 카톡을 주셔서요. 매일 꾸준히 안부를 물어주시니 고맙네요."

"준호 그렇게 안 봤는데, 사람 진짜 괜찮네. 돌아가면 술 한잔 사야겠다."

이재유가 내 휴대전화 옆에 놓인 인증수첩을 가리켰다.

"상익 씨, 나 그것 좀 살펴봐도 될까?"

"물론이죠."

이재유는 인증수첩의 페이지를 앞뒤로 넘기며 훑어보다가 고개를 끄덕이더니 휴대전화로 사진을 찍고 수첩을 돌려줬다.

"고마워, 상익 씨."

"뭘 찍으신 거예요?"

이재유의 입꼬리가 살짝 올라갔다.

"그냥. 이 자전거길이 어디까지 이어지고 어디서 갈라지는지 궁금해서."

이재유의 모습이 어딘지 모르게 어제와 달라 보였다. 뭔가 쿨해 보인다고나 할까? 아니다. 모습은 그대로인데, 그 모습을 바라보는 눈만 달라졌을지도 모른다. 히트곡 작곡자라는 말을 듣고 이재유를 대하는 태도가 단 하루 사이에 바뀐 우희철처럼. 국물을 떠먹으며 휴대전화를 들여다보던 임정연이 갑자기 손으로 테이블을 두드렸다.

"다들 과장님 인스타 확인해보세요."

문희주의 인스타그램 계정에 탄금대 인증센터 사진이 올라와 있었다. 사진이 올라온 시각은 2분 전이었다. 임정연은 휴대전화를 내려놓고 우희철을 바라보며 씩 웃었다.

"대리님, 상품권 잔액 있죠? 근처 편의점에서 음료수 마시고 천천히 출발하면 이화령에서 불쌍한 모습으로 과장님과 마주칠 수 있겠네요."

우희철이 말한 개고생은 과장이 아니었다. 이화령으로 향하는 코스는 시작부터 오르막과 내리막의 연속이었다. 페달을 밟을 때마다 다리가 후들거렸다. 지금까지 자전거를 타고 오는 동안 이렇게 본격적인 오르막을 만나긴 처

셋째 날

음이어서 당혹스러웠다. 코스 초반부터 이렇게 험한데, 이화령으로 향하는 오르막은 도대체 얼마나 험하다는 말인가. 상상만 해도 아찔했다. 말없이 페달을 밟다 보니 꽤 높은 오르막길 끝에서 충주를 벗어나 괴산에 진입했다는 표지판이 등장했다. 다들 약속이나 한 것처럼 표지판 앞에 자전거를 세우고 바닥에 주저앉았다. 우희철이 숨을 헐떡이며 임정연에게 물었다.

"어때? 진짜 힘들지?"

임정연이 옷소매로 이마의 땀을 닦으며 억지 미소를 지었다.

"그래도 이 정도면 할 만한데요?"

우희철이 바닥에 드러누우며 앓는 소리를 냈다. 나는 물을 벌컥벌컥 마신 뒤 휴대전화 지도앱으로 현재 위치와 이화령까지 남은 거리를 확인해봤다. 현재 위치는 소조령이었고, 높이는 해발 362m였다. 자전거를 타고 낮은 산 꼭대기에 오른 셈이나 마찬가지였다. 나는 불안한 마음을 안고 이화령의 높이를 확인해봤다. 548m. 소조령보나 훨씬 높은, 그야말로 산이었다. 한숨이 절로 새어 나왔다. 이화령까지 남은 거리는 약 13km였다. 이렇게 힘이 드는데, 코스의 절반도 오지 못했다는 사실이 믿기지 않았다. 우희철이 드러누운 채 고개만 돌려 임정연에게 힘없이 물었다.

"정연 씨…… 지금 우리 몰골을 봐. 충분히 불쌍해 보이잖아. 그냥 여기서 과장님을 기다려도 되지 않을까? 이만하면 됐다는 생각 안 들어?"

나도 우희철과 같은 심정으로 말없이 임정연을 바라봤다. 하지만 임정연은 만만치 않았다.

"이화령만 넘으면 국토종주를 다 한 거라고 대리님이 말씀하셨잖아요. 여기까지 왔는데, 아깝지 않아요? 우리가 언제 또 여길 와본다고요."

소조령 이후 한참 동안 내리막길이 이어졌다. 내리막길이 길다는 건 그만큼 앞으로 나올 오르막길도 길다는 의미여서 달갑지 않았다. 내리막길 끝에서 작은 마을이 보이기 시작했고 조금 더 페달을 밟으니 교차로가 나타났다. 그 교차로에 뜬금없이 자전거길 인증센터가 세워져 있었다. 이화령 인증센터이길 간절히 바랐지만 헛된 기대였다. 인증센터에는 '행촌교차로 인증센터'라는 간판이 붙어 있었다. 인증수첩을 살펴봤지만 이화령으로 향하는 새재자전거길 구간에는 없는 인증센터였다.

이재유가 다가와 인증수첩의 페이지를 뒤로 넘겼다. 오천자전거길 페이지가 나왔고, 새재자전거길의 수안보와 이화령 구간 가운데에 끼어 있는 행촌교차로 표시를 확인할 수 있었다. 인증수첩에는 오천자전거길이 작은 하천 다섯 개를 이어 만든 자전거길로, 괴산과 청주를 거쳐 금강까지 이어진다는 설명이 실려 있었다. 행촌교차로는 오천자전거길의 시작점이었다. 인증센터에 들른 김에 인증 수첩에 도장을 찍고 나오는데 이재유가 모두를 불러 모으고 말했다.

"며칠 동안 즐거웠습니다. 저는 여기서 다른 길로 가겠습니다."

이재유의 깜짝 선언에 모두가 놀라 말없이 서로의 얼굴을 번갈아 바라봤다. 이재유는 멋쩍은 얼굴로 머리를 긁었다.

"여기서 서쪽으로 이어지는 자전거길로 쭉 가면 제 고향인 청주가 나오더라고요. 오랜만에 고향집에나 한번 들러보려고요."

우희철이 어처구니없다는 듯 목소리를 높였다.

"여기까지 왔는데 뜬금없이 고향은 무슨 고향이야? 과장님 안 만날 거야? 연봉 안 올릴 거야? 회사로 안 돌아갈 거야?"

이재유는 임정연을 바라보며 엷게 미소를 지었다.

"어제 정언 씨 말을 듣고 밤새 많은 생각을 했어요. 아무래도 저는 다시 음악을 해야 할 것 같더라고요. 밥벌이가 쉽진 않겠죠. 하지만 그래야 숨을 쉬고 살 수 있을 것 같아요."

임정연은 당혹스러움을 감추지 못했다.

"아무리 그래도 이렇게 갑자기……."

"사실 오래 고민했어요. 어제 정연 씨 덕분에 결심을 굳혔을 뿐이죠. 누군가가 제 새로운 음악을 듣고 싶다는 말을 진심으로 해준 건 처음이었어요. 어쩌면 저는, 지금까지 그 말을 기다려왔는지도 모르겠다는 생각이 들더라고요. 고마워요, 정연 씨."

우희철이 씁쓸하게 웃으며 아쉬워했다.

"이제야 좀 친해지려나 싶었는데 뭐야……."

이재유는 씩 웃으며 우희철의 자전거 뒷바퀴를 가볍게 찼다.

"악성 팬은 사절이다, 이 새끼야. 그리고 내가 빠지면 입이 줄어서 좋은 거 아니냐? 정연 씨도 연봉 인상에 관심이 없다니까, 상익 씨랑 둘이 연봉을 나눠 먹으면 되겠네. 안 그래?"

"야! 넌 또 뭔 말을 그런 식으로 하냐. 서운하게시리."

나는 휴대전화 지도앱을 살피며 이재유에게 말했다.

"뭐 하러 힘들게 청주까지 자전거를 타고 가세요? 찾아보니 근처에 연풍직행정류소라고 버스정류장이 있네요. 거기서 버스를 타시는 게 낫지 않겠어요?"

이재유는 가볍게 손사래를 쳤다.

"고향에 음악을 만들던 장비와 악기가 있어. 그걸 가져와야 다시 음악을 할 텐데, 부모님 얼굴을 볼 면목이 없

셋째 날

어. 집까지 자전거를 타고 가서 불쌍한 얼굴을 보여주면 부모님도 너그럽게 봐주시지 않을까?"

이재유가 임정연에게 엄지를 치켜세웠다.

"이화령에서 개고생한 몰골로 과장님의 동정심을 유발하겠다는 전략, 처음에는 반쯤 농담으로 받아들였는데 괜찮아 보여요. 저도 그 전략을 부모님께 써먹어보려고요."

임정연이 이재유에게 악수를 청했다.

"본의 아니게 제가 큰 결심을 하게 만들었네요. 여기까지 왔는데 뭘 어쩌겠어요. 꼭 좋은 앨범 만들길 빌게요."

이재유도 밝게 웃으며 임정연의 손을 맞잡았다.

"나중에 앨범 만들면 가장 먼저 들려드릴게요. 고마워요."

우희철도 이재유에게 다가와 손을 내밀었다.

"잘해봐라. 응원할게. 나 잊지 말고."

이재유가 우희철의 손을 움켜쥐듯 잡았다.

"너를 어떻게 잊어버리겠냐? 나중에 음원 사이트에 악플이나 달지 마라."

우희철은 찡그린 얼굴로 손을 털며 툴툴거렸다.

"새끼. 마지막까지 정 없게."

이재유는 마지막으로 내게 악수를 청했다.

"상익 씨는 성실하니까 뭐든 잘할 거야. 앞으로 종종 안부 전해줘."

나는 이재유의 손을 맞잡으며 물었다.

"근데 고장 난 차는 그대로 두실 거예요?"

"걱정 마. 일단 부모님께 다시 음악을 하겠다고 말씀드리고 찾으러 갈 거야. 어차피 장비하고 악기, 그 차로 다연습실에 옮겨야 해."

다시 자전거에 오른 이재유가 손을 흔들었다.

"며칠 동안 즐거웠습니다. 부디 문희주 과장님을 무사히 만나 함께 회사로 돌아갈 수 있길 빌게요. 다들 잘 지내세요. 정연 씨는 지금까지 쓴 경비 중 제 몫을 계산해서 꼭 알려주세요. 바로 챙겨 보내드릴게요."

이재유가 서쪽으로 이어지는 자전거길을 따라 멀어졌다. 셋은 멀어지는 이재유의 뒷모습을 한참 동안 말없이 지켜봤다. 나는 이재유가 조금 전 자전거를 세워놓았던 자리로 시선을 옮겼다. 주변에 키 작은 연보라색 꽃이 카펫처럼 화단을 덮고 있었다. 네이버 앱 스마트렌즈 기능을 실행해 꽃 이름을 알아봤다. 꽃잔디라는 이름을 가진 꽃이었는데, 가을이 아닌 봄에 피는 꽃이었다. 나는 철모르고 피어난 꽃잔디를 내려다보며 이재유가 늦게나마 자신의 길 위에 꽃을 활짝 피울 수 있기를 빌었다. 우희철이 돌아서며 낮은 목소리로 중얼거렸다.

"든 자리는 몰라도 난 자리는 안다고, 괜히 허전하네."

임정연이 우희철에게 가볍게 면박을 줬다.

셋째 날

"누가 보면 두 분이 절친 사이라도 됐던 걸로 오해하겠어요."

우희철이 자전거 안장을 털며 언짢은 티를 냈다.

"정연 씨까지 왜 이래, 섭섭하게."

임정연은 그런 우희철의 반응에 아랑곳하지 않고 자전거에 올랐다.

"이제 출발하시죠. 이별 인사도 길면 별로예요."

행촌교차로에서 이화령 방향으로 자전거를 틀자마자 오르막길이 나타났다. 길을 올려다보니 소조령보다 급한 경사로가 끝없이 이어지고 있었다. 자전거길 바닥에 이화령 인증센터가 5km 남았다는 안내가 고딕체로 적혀 있었다. 다리에 힘이 들어가지 않았다. 나는 페달을 밟다가 멈추고 자전거에서 내려왔다. 나보다 앞서갔던 임정연도, 임정연보다 앞서갔던 우희철도 자전거에서 내리는 모습이 보였다. 우희철이 잠시 뒤돌아보고 일행을 확인하더니 자전거를 끌고 걸어서 이화령을 오르기 시작했다. 임정연과 나도 똑같이 우희철의 뒤를 따랐다.

자전거를 끌고 이화령으로 올라가는 일은 야간 라이딩과 차원이 다른 고역이었다. 너무 힘이 들어 입에서 수시로 쌍욕이 새어 나왔다. 과장을 보태면 군대에서 완전군장 행군을 경험한 이후로 가장 힘이 들었다. 그야말로 죽을 맛이었다. 문득 어딘가에서 들은 영화 〈올드보이〉 촬영 당시 뒷이야기가 떠올랐다. 주인공이 장도리를 들고 복도에서 수많은 적과 싸우는 모습을 2분 39초 동안 촬영한 원테이크 신은 〈올드보이〉 최고의 명장면으로 꼽힌다. 감독이 이 장면을 무려 17회에 걸쳐 촬영하며 배우의 힘을 빼 처절함을 살렸다는 이야기를 듣고 경악했었다. 임정연의 말대로 이렇게 이화령에 도착해 쓰러지면 문희주의 눈에 불쌍해 보이는 정도를 넘어 처참해 보이겠구나 싶었다.

그런데 이화령을 오르는 내내 〈올드보이〉의 '장도리신' 보다 더 기가 막힌 모습이 눈에 띄었다. 이화령에선 지금까지 지나온 구간보다 훨씬 많은 라이더를 볼 수 있었는데, 그들은 마치 프로 선수처럼 쉼 없이 페달을 밟았다. 나보다 늦게 이화령에 올라 빠르게 멀어지는 그들의 모습이 괴물처럼 느껴졌다. 도대체 얼마나 자전거를 많이 타야 저런 몸을 만들 수 있는 걸까. 복근이라고는 흔적도 찾아볼 수 없는 내 뱃살이 민망했다.

나는 어젯밤 뼈다귀해장국집에서 쉬지 않고 페달을 밟아 이화령에 올랐다고 자화자찬하던 우희철의 모습을 떠올렸다. 길을 올려다보니 겨우겨우 자전거를 끌고 올라가는 우희철의 모습이 보였다. 우희철의 어젯밤 자화자찬은 허풍인 듯했다. 저 멀리 쉼터로 짐작되는 나무 덱이 보였다. 우희철이 나무 덱을 가리키며 쉬었다 가자고 외쳤다.

셋째 날

잠시 후 쉼터에 도착했을 때, 우희철과 임정연이 멍한 표정으로 벤치에 앉아 있는 모습을 볼 수 있었다. 나는 쓰러지듯 벤치에 털썩 주저앉아 물을 마셨다. 다리가 부들부들 떨렸다. 휴대전화 지도앱으로 이화령 정상까지 남은 거리를 확인해봤다. 아직도 3km 이상을 더 가야 했다. 정신이 아득해지는 기분을 느꼈다. 그 와중에 엔진이라도 달았는지 빠르게 페달을 밟으며 이화령을 오르는 라이더들이 종종 눈에 띄었다. 나는 입을 벌린 채 그들의 모습을 물끄러미 바라봤다. 우희철과 임정연의 표정도 나와 다르지 않았다.

자전거를 천천히 끌고 오르며 쉼터에 들르는 일을 몇 차례 반복하다 보니 마침내 끝이 보였다. 정상에 가까워지자 '백두대간 이화령'이라고 적힌 커다란 터널이 눈에 들어왔다. 이재유와 헤어진 뒤 여기까지 도착하는 데 무려 세 시간 가까이 걸렸다. 우희철과 임정연은 지칠 대로 지쳤는지 벤치에 드러누워 가쁜 숨을 쉬고 있었다. 나는 둘의 모습을 배경으로 두고 셀프카메라를 찍었다. 사진을 확인해보니 내가 문희주라도 불쌍해 보일 것 같은 모습이 적나라하게 담겨 있었다.

정상에는 제법 큰 휴게소가 있었고, 많은 라이더가 그곳을 드나들었다. 인증센터임을 알리는 빨간 부스가 보였다. 부스에는 '이화령고개 휴게소 인증센터'라는 간판이 붙어 있었다. 나는 부스에 들어가 인증수첩에 도장을 찍은 뒤 전망대까지 힘겹게 걸어갔다. 전망대 아래를 굽어보니 큰 도로를 달리는 차량이 개미보다 작게 보였다. 여긴 빈말로라도 고개라고 부를 수 없는 곳이었다. 이곳에 산이 아닌 고개 이름을 붙인 사람의 멱살을 잡고 싶었다.

장시간 무리하게 움직이며 땀을 뺐더니 허기졌다. 휴게소에 들어가 보니 매점 외에도 식당이 보였다. 식당에선 도토리묵밥, 우동, 떡국, 라면 등을 팔고 있었다. 라이더들이 단체로 우동을 먹고 있었다. 우동 국물 냄새를 맡으니 도저히 참을 수가 없었다. 나는 휴게소 바깥 벤치에 앉아 쉬고 있던 우희철과 임정연에게 다가가 우동을 먹자고 말했다. 둘도 내 말에 허기가 도는지 순순히 휴게소로 발길을 옮겼다.

우동에는 잘게 썬 쪽파, 김 가루, 고춧가루가 고명으로 올라와 있었다. 국물 맛은 가볍지만 그렇다고 맹탕은 아니었다. 분식집에서 흔히 내주는 특유의 성의 없는 우동 국물 맛에 가까웠다. 익숙한 맛이어서 먹기가 편했다. 여기에 쪽파와 김 가루의 향이 서서히 스며들어 시간이 흐를수록 괜찮은 맛을 냈다. 나는 심준호에게 이재유는 중간에 떠나 자신의 고향인 청주로 향했고 나머지는 이화령 정상에 도착해 우동을 먹으며 문희주를 기다리고 있다는 카카오톡 메시지를 남겼다. 더불어 조금 전에 찍은 셀프카메라 사진도 첨부했다. 그사이 허기를 채우고 기운을 찾은 우희철이 의자 등받이에 몸을 기대며 임정연에게 물었다.

"어때? 장난 아니지?"

임정연의 지친 얼굴에 웃음기가 어렸다.

"예상보다 훨씬 힘들었어요. 솔직히 이 정도로 힘들 줄 미리 알았다면 안 왔을 것 같아요. 대리님은 또 온 거잖아요. 제가 대리님이라면 정말 싫었겠다 싶더라고요."

우희철이 임정연의 시선을 피하며 생색을 냈다.

"모르면 용감하다잖아. 알면 겁이 난다니까? 다른 사람이 가자고 했으면 절대로 안 갔어. 정연 씨가 가자고 하니까 알면서도 간 거야."

의문이 들었다. 우희철은 과거에 왜 자전거로 국토종주를 했던 걸까. 내가 지금까지 회사에서 경험한 우희철은 자기 이익이 될 일이 아니면 움직이는 사람이 아니었다. 이화령에 오르기 싫은데도 오른 이유 또한 임정연에게 호감이 있기 때문임을 모를 수가 없었다. 딱히 돈이 되는 것도 아니고, 힘든 일을 왜 애써 경험했던 걸까. 나는 우희철에게 그 이유를 슬쩍 물어봤다. 우희철은 대답을 제대로 하지 않고 얼버무리더니 말을 돌렸다.

"뭐, 그럴 일이 있었어. 그나저나 지금 몇 시지? 우리도 이제 슬슬 나가서 이화령으로 올라오실 과장님을 기다려야 하는 거 아냐?"

　휴게소 바깥으로 나온 우희철은 전망대 앞에 서서 기념사진을 찍자고 제안했다. 우희철은 임정연 옆에 서더니 자기 휴대전화를 내게 건네며 사진을 찍어달라고 부탁했다. 임정연은 이미 사내 연애에 관심이 없다고 선을 그었지만, 우희철은 포기하지 않은 눈치였다. 임정연은 셋이 같이 왔는데 한 사람이 빠지는 경우가 어디 있느냐며 지나가는 라이더에게 사진 촬영을 부탁했다. 나는 내 휴대전화를 라이더에게 건넨 뒤 전망대로 다가갔다. 임정연은 옆으로 한 발짝 비켜서더니 우희철의 옆자리에 나를 세웠다. 라이더가 사진을 몇 장 찍은 후 휴대전화를 돌려줬다. 사진 속 세 사람의 모습은 가관이었다. 우희철은 억지로 웃고 있고 나는 무표정인데, 임정연은 활짝 미소 짓고 있었다. 여기에 임정연의 의도대로 자연스럽게 엉망진창이 된 몰골까지 더해져 더 우스꽝스러웠다.

　인증센터 부스 근처에 서서 고개 아래를 내려다보며 문희주가 올라오길 기다렸다. 문희주를 놓칠세라 긴장하며 살피는데 이화령으로 올라오는 라이더가 적지 않아 사람 얼굴을 구별하기가 쉽지 않았다. 한 시간쯤 흘렀을까, 우희철이 귀신이라도 본 듯 갑자기 괴성을 질렀다. 깜짝 놀란 나와 임정연은 우희철에게 다가가 무슨 일이냐고 물었다. 우희철이 휴대전화로 문희주의 인스타그램 계

셋째 날

정에 올라온 사진을 보여줬다. 사진에 담긴 풍경은 '백두대간 이화령' 터널이었고, 사진이 올라온 시각은 불과 1분 전이었다. 셋은 재빨리 흩어져서 문희주를 찾으려고 휴게소 주변을 샅샅이 뒤졌다. 아무리 찾아봐도 문희주의 모습은 보이지 않았다. 우희철은 망연자실한 표정으로 신음을 냈다.

"와…… 바로 앞을 지나가는데도 못 보고 놓치다니……이게 무슨……."

나와 임정연도 어처구니가 없어 서로를 번갈아 바라보기만 했다. 우희철이 정신을 차리려는 듯 고개를 흔들다가 멈추더니 다급하게 외쳤다.

"우리 지금 여기서 이럴 때가 아니다! 빨리 과장님 쫓아가자!"

어떻게 눈앞에서 놓칠 수 있지? 쫓아가면 잡을 수 있을까? 전혀 예상하지 못했던 황당한 상황 앞에서 사리 판단이 쉽게 이뤄지지 않았다. 임정연이 내 어깨를 툭툭 치며 출발을 재촉했다.

"상익 씨! 뭐 해요! 얼른 움직여요!"

터널을 통과하자 행정구역이 충북 괴산에서 경북 문경으로 바뀌었다는 표지판이 보였다. 차를 타고 와도 한참 걸리는 곳에 자전거를 타고 왔다는 게 실감이 나지 않았다. 길었던 오르막길만큼 내리막길도 길었다. 다행히 오가는 차가 한 대도 없어서 지금까지 전혀 경험해보지 못한 빠른 속도로 달릴 수 있었다. 이화령에 오를 때 힘이 들어 감상할 수 없었던 주변 풍경이 이제야 비로소 몸 안으로 한꺼번에 밀려 들어왔다. 여름만큼은 아니어도 여전히 푸르름을 자랑하는 나무들, 청량한 나무 냄새를 가득 머금은 서늘한 바람, 바람을 가르며 함께 같은 길을 달려가는 라이더들. 마음이 급한 와중에도 가을 풍경은 건강하고 아름다웠다.

고생스러웠던 오르막길과 달리 내리막길은 너무 빨리 끝나 허무했다. 내리막길이 끝날 때까지 문희주와 마주치는 행운은 일어나지 않았다. 이후 한참 동안 경사가 거의 없는 편안한 길이 강을 따라 굽이치며 이어졌다. 가을이 깊어 본격적으로 단풍이 들면 훨씬 아름다워질 길이었다. 공도와 공용으로 쓰이는 자전거길이 많았지만, 오가는 차가 드물어 고요했다. 우희철이 페달을 밟는 속도가 빨라졌다. 나와 임정연이 페달을 밟는 속도도 덩달아 빨라졌다. 이젠 엉덩이뿐만 아니라 무릎 관절에서도 시큰한 통증이 느껴졌다. 핸들을 움켜쥔 손바닥도 저린 수준을 넘어 매라도 맞은 듯 아팠다. 나는 이를 악물고 페달을 밟았다. 무아지경 상태로 페달을 밟다 보니 다음 인증센터가 있는 불정역이 가까워지고 있음을 알리는 표지판이 눈에 들어왔다. 우희철이 표지판을 가리키며 잠시 쉬었다

가자고 외쳤다.

불정역은 능내역처럼 열차가 다니지 않는 폐역이었다. 숙소로 개조한 폐열차가 보였는데 지금은 영업하지 않고 있었다. 해 질 무렵 인적이 드문 폐역은 을씨년스러웠다. 나는 다리를 살짝 절뚝거리며 인증센터 부스로 들어가 인증수첩에 도장을 찍었다. 다음 인증센터가 있는 상주상풍교에서 도장을 찍으면 새재자전거길 코스 종주 완료였다. 인증수첩에 도장을 찍는 일은 마치 게임에서 몬스터를 처치하거나 퀘스트를 완료한 뒤 일정량의 경험치를 획득해 레벨업하는 듯한 기분을 느끼게 했다. 몸은 고돼도 성취감이 있었다. 우희철이 당혹스러운 고백을 하기 전까지는 말이다.

"나 여기 이후 코스는 가본 적 없어. 지금까지 왔듯이 파란색 실선이 그어진 자전거길만 따라가면 별문제는 없겠지만, 이전 코스처럼 디테일한 건 잘 몰라. 인터넷으로 정보를 찾아보면서 가야 해."

이화령 정상까지 쉬지 않고 자전거 페달을 밟고 올라갔다는 자화자찬이 허풍일지도 모른다는 짐작은 했지만, 국토종주까지 허풍일 줄이야. 그래서 자전거로 국토종주를 한 이유를 물었을 때 말을 돌렸구나. 지금까지 온갖 잘난 척과 아는 척을 다 했던 우희철이 몹시 실망스러웠다. 우희철이 겸연쩍어하며 다시 말을 이었다.

"솔직히 여기까지 오게 될 거라고 전혀 예상을 못 했어. 이화령을 오르기 전에 모든 일이 다 끝날 줄 알았는데, 지금 이게 무슨 상황인지 모르겠다. 환장하겠다."

임정연은 나와 달리 우희철의 지난 허풍에 개의치 않는 눈치였다.

"우리 반쯤 놀러 온 거 아니었나요? 뭐 어때요. 과장님을 찾으면 땡큐지만 못 찾아도 손해 볼 거 없잖아요. 그리고 여기까지 왔는데 뭘 어쩌겠어요. 안 그래요?"

우희철도 임정연의 대수롭지 않다는 태도에 용기를 얻었는지 목소리에 힘이 붙었다.

"어제 다들 경험했듯이 야간 라이딩은 위험해. 수도권을 벗어나면 숙소가 많지 않아 어디서 묵을지도 생각하면서 달려야 한다. 숙소 위치부터 알아보자."

나는 휴대전화 지도앱을 열어 자전거길과 연계된 숙소가 있는지 찾아봤다. 불정역에서 자전거길을 따라 12km 달리면 점촌역이 나오고, 역 주변에 영업 중인 많은 숙소와 식당이 있음을 확인할 수 있었다. 그다음 숙소를 찾을 수 있는 곳은 상주 경천대관광지인데, 점촌역에서 26km를 더 달려야 닿는 곳이었다. 새재자전거길의 마지막 인증센터가 있는 상풍교가 경천대관광지와 멀지 않았다. 점촌역 주변으로 숙소를 잡기에는 너무 일렀고, 경천대관광지로 숙소를 잡기에는 몸 상태가 부담됐다. 우희철은 지

셋째 날

도를 살펴보며 나와 임정연에게 물었다.

"일단 점촌역 근처에서 이른 저녁을 먹는 게 좋지 않을까? 근처에 탕수육이 맛있다는 중국집 노포가 있네. 이런 시골에 은근히 중국집 맛집이 많아."

나와 임정연은 우희철의 의견에 흔쾌히 동의했다. 중국집이라는 말을 들으니 허기가 졌다. 짜장면을 마지막으로 먹은 날을 헤아려보니 두어 달 전이었다. 고소한 짜장면 냄새와 새콤달콤한 소스를 머금은 탕수육을 떠올리자 군침이 돌았다. 자전거에 오르자 페달을 밟는 허벅지에 힘이 들어갔다.

점촌역 주변은 낡고 오래된 분위기를 풍겨도 꽤 번화한 곳이었다. 우희철이 찾은 중국집은 간판만으로도 역사가 느껴지는 노포였다. 간판에 화교가 운영하는 매장임을 알리는 '화상華商'이라는 단어가 적혀 있었다. 무엇보다도 놀라운 점은 가격이었다. 짜장면 가격이 고작 5,000원이었고, 다른 메뉴 가격도 대단히 저렴했다.

나와 임정연은 짜장면, 우희철은 짬뽕을 주문하고 여기에 탕수육을 추가했다. 탕수육은 작은 걸 시켰는데도 양이 상당했다. 꿔바로우처럼 찹쌀로 만들었는지 바삭하면서도 쫄깃한 튀김옷에 두툼한 고기를 감싼 모양이 식욕을 자극했다. 처음부터 소스를 부어서 내오는 모습도 보통 중국집 탕수육과 달랐다. 소스 역시 달지 않아 마음에 들었다. 우희철은 탕수육이 '부먹'으로 나오자 살짝 불만을 터트렸지만, 한번 맛을 보더니 바쁘게 젓가락질을 했다. 이어서 짜장면과 짬뽕이 나왔다. 짬뽕을 맛본 우희철이 감탄했다.

"국물이 보이는 것처럼 칼칼하진 않은데 묵직하다! 면발에 국물이 적당히 스며들어서 간도 딱이네!"

나도 짜장면을 비며 맛을 봤다. 첫인상은 지금까지 먹어온 짜장면과 크게 다르지 않았는데, 맛을 보니 조금 달랐다. 잘 볶아진 춘장이 면발에 잘 달라붙었고, 많이 달지 않아 입에 물리지 않았다. 짜장면을 먹겠다고 일부러 멀리서 올 정도까지는 아니어도, 근처에 올 일이 있으면 들렀다 가도 후회하지 않을 맛집이었다. 나는 짜장면과 탕수육 사진을 찍어 심준호에게 카카오톡 메시지로 보내며 점촌역 근처에 도착해 식사 중이라고 알렸다. 탕수육을 집어먹던 우희철이 내게 물었다.

"또 준호한테 메시지를 보낸 거야?"

"감사하잖아요. 늘 먼저 안부를 물어봐주시는데. 그나저나 이 주임께서는 고향에 잘 돌아가셨으려나요?"

임정연이 휴대전화를 들여다보며 미소를 지었다.

"이제 청주에 도착하셨나 봐요. 두 분께도 안부 전해달라고 메시지를 남기셨더라고요."

우희철은 임정연의 미소를 의식하며 말을 돌렸다.

셋째 날

"자! 이제 다음 계획을 세워보자. 인스타를 보면 과장님은 야간 라이딩을 하지 않고 일찍 숙소를 잡아. 그렇다면 오늘 묵을 숙소 위치는 이 부근이나 경천대 근처, 둘 중 하나겠지. 전날도 일찍 여주에 숙소를 잡은 걸 보니, 느낌적인 느낌인데 아마도 이 근처에 숙소를 잡지 않았을까 싶어."

임정연이 이의를 제기했다.

"그렇다고 여기 주변 숙소나 식당을 다 뒤져볼 순 없잖아요. 한두 곳도 아닌데. 각자 흩어져서 찾아본다고 해도, 과장님이 여길 그냥 지나간다면 헛수고일 테고요."

우희철이 나를 위아래로 훑어보더니 조심스럽게 물었다.

"그러니까 우리는 경천대나 그 이후에 숙소가 나오는 곳으로 움직여야 하지 않을까 싶은데, 상익이 너 몸 괜찮냐? 아까 보니 다리를 살짝 저는 것 같던데, 용달차를 불러 이동할까?"

남한강자전거길 구간을 모두 거쳐오긴 했지만 양평군립미술관에서 비내섬까지 용달차에 자전거를 싣고 이동했던 게 아쉬웠다. 이포보, 여주보, 강천보의 인증센터를 모두 그냥 지나치는 바람에 인증수첩에 도장을 찍지 못했기 때문이다. 인증수첩 페이지를 확인할 때마다 유독 그 빈 곳이 눈에 띄었다. 용달차를 불러 경천대까지 이동하면 새재자전거길의 마지막 인증센터가 있는 상풍교를 그냥 지나치게 된다. 그곳만 남기고 가면 두고두고 미련이 남을 것 같았다.

"여기까지 왔는데 뭘 어쩌겠어요. 그냥 가시죠. 참을 만합니다."

"경천대까지 가면 시간상 어제처럼 야간 라이딩을 할 가능성이 큰데 괜찮겠어?"

임정연이 끼어들어 나를 대신해 대답했다.

"역 근처에 자전거매장이 있더라고요. 거기 들러서 자전거에 헤드라이트를 달고 출발해요. 여기까지 왔는데 뭘 어쩌겠어요."

식사를 마친 후 가까운 자전거매장에 들렀다. 우희철은 실리콘 LED 전조등 몇 개를 골랐다. 내장 배터리가 닳으면 버려야 하지만 자전거에 부착하기 쉽고 밝기도 적당한 데다 가격도 저렴하다는 게 이유였다. 나와 임정연도 같은 물건을 몇 개 골라 자전거에 하나를 달고 나머지는 따로 챙겼다. 나는 홀로 고향을 향해 자전거 페달을 밟는 이재유의 모습을 상상해봤다. 꿈을 향해 달리는 모습은 상상만으로도 멋있었다. 나는 그렇게 무언가를 간절하게 원하며 앞으로 달려간 적이 있었던가. 내가 정말 원하는 삶은 과연 무엇일까. 답하기 어려운 질문을 역 앞에 남겨두고 나는 다시 자전거에 올랐다.

셋째 날

해가 점점 빨리 서쪽으로 기울고 있었다. 이젠 자전거길을 오가는 라이더도 거의 보이지 않았다. 나는 앞서가는 우희철의 뒷모습과 자전거길을 가리키는 파란색 실선에 의지하며 페달을 밟는 데 집중했다. 엉덩이와 무릎 관절에서 통증이 느껴지는데, 희한하게도 어제와 그저께보다 라이딩을 더 잘하고 있다는 기분이 들었다. 뭔가 요령이라도 생긴 것처럼. 통증은 몸이 자전거에 조금씩 적응하는 과정이 아닐까. 헤드라이트에 비친 상주시 진입을 알리는 표지판을 보고 실없는 생각을 했다.

해가 완전히 저문 뒤에도 라이딩은 계속됐다. 노면 상태가 지난 구간보다 훨씬 좋아 라이딩하기에는 편했지만, 가로등이 설치된 구간이 드물었다. 자전거길에서 마주하는 어둠은 도시의 어둠보다 훨씬 깊고 무거워 헤드라이트가 비추는 길 외에는 보이는 게 없었다. 출발하기 전에 헤드라이트를 챙긴 게 천만다행이다 싶었다.

우희철이 다급하게 속도를 줄이더니 갓길에 자전거를 세웠다. 그 뒤를 따르던 나와 임정연도 자전거를 세우고 우희철에게 다가갔다. 우희철이 다가오지 말라는 듯 손을 들더니 휴대전화 플래시로 바닥을 비췄다. 커다란 뱀이 길을 가로질러 기어가고 있었다. 나는 그 모습을 보고 얼어붙었다. 지금까지 살아오면서 뱀을 직접 보기는 처음이었다. 임정연도 무척 놀랐는지 입을 막고 뒤로 물러섰다.

뱀이 풀숲으로 완전히 사라졌음을 확인한 우희철이 안도의 한숨을 내쉬었다.

"휴우! 어제는 고라니, 오늘은 뱀, 진짜 살다 살다 별의별 일을 다 겪는다."

길 위에 가만히 서 있다 보니 지금까지 듣지 못했던 소리가 들렸다. 물이 흐르는 소리였다. 자전거길 왼쪽에 펼쳐진 너른 공간으로 시선을 돌렸다. 강이었다. 어둠 속에서 정신없이 페달만 밟다 보니 강을 끼고 달리고 있다는 사실도 미처 깨닫지 못했다. 10m쯤 앞에 표지판이 세워져 있었다. 표지판에는 '낙동강 700리가 여기서부터 시작됩니다'라는 문구가 적혀 있었다. 자전거를 타고 한강을 따라 흘러와 문경새재를 넘어 낙동강에 도착했다는 사실이 새삼 놀라웠다. 어둠을 뚫고 유유히 흘러가는 강물 소리를 들으니 뭔지 모를 벅찬 감정이 올라왔다.

"우리가 낙동강까지 왔네요."

임정연이 다가와 내게 물었다.

"낙동강 처음 보세요?"

"경상도에 출장 갈 일이 있을 때 스쳐 지나간 게 전부예요. 이렇게 가까이에서 보는 건 처음입니다."

"낮에 보면 그냥 넓기만 하고 별것 없어요. 물이 깨끗한 것도 아니고. 상류 쪽으로 가야 물도 좋고 구경할 만해요."

셋째 날

우희철이 임정연에게 다가와 말을 걸었다.

"정연 씨는 여기 자주 와봤나 봐? 잘 아네?"

"당연히 잘 알죠. 고향이 대구거든요."

"헐! 진짜? 그런데 어떻게 사투리를 안 써? 나 정연 씨 뼛속까지 서울 사람인 줄 알았어!"

"대구 사람이 사투리만 쓴다는 생각은 편견이에요."

"대구에 미인이 많다더니 역시……."

"그것도 편견이고요."

나는 문희주의 인스타그램 계정을 확인하고 우희철과 임정연을 불렀다. 한 시간 전에 올라온 사진이 있었다. 사진에는 돼지갈비를 굽는 불판의 모습과 함께 점촌이라는 위치 정보가 담겨 있었다. 사진을 확인한 임정연이 우희철에게 말했다.

"대리님 예상대로 과장님이 진짜 점촌에 숙소를 잡으셨나 봐요. 설마 고기를 한 상 거하게 차려 먹고 야간 라이딩을 하진 않으실 테니."

우희철이 팔짱을 낀 채 짜증을 냈다.

"과장님이 우리보다 앞서 지나가지 않은 건 다행이긴 한데, 약이 좀 오르네. 어떻게 매번 한 발짝씩 어긋나지? 신기하지 않아?"

나는 빨리 상풍교 인증센터에서 새재자전거길의 피날레를 찍고 싶어 둘을 재촉했다.

"우리 뱀 나오는 곳에 그만 서 있고 얼른 숙소부터 찾죠. 얼마 안 남았습니다."

자전거길을 15분가량 더 달리니 상풍교 인증센터가 나왔다. 상풍교 주변은 인증센터라는 말이 무색하게 구멍가게는커녕 민가나 가로등조차도 보이지 않는 오지였다. 셋이 함께 왔으니 망정이지, 이 시간에 혼자 왔다면 두려워서 벌벌 떨어도 이상하지 않을 정도로 분위기가 음산했다. 나는 인증센터 부스로 들어가 인증수첩에 마지막 도장을 찍었다. 탄금대, 수안보, 이화령, 불정역, 상풍교까지 모두 도장을 찍은 새재자전거길 페이지를 보니 두려움을 잊을 만큼 뿌듯했다. 인증수첩을 바라보며 흐뭇해하는 나를 향해 우희철이 이해할 수 없다는 표정을 지었다.

"넌 뭐가 그렇게 좋아서 실실거리냐?"

"국토종주 코스 중 가장 어렵다는 길을 완주했잖아요. 대리님은 기쁘지 않으세요?"

"기쁘기는 개뿔. 힘들어 죽겠구먼. 얼른 숙소 잡으러 가자. 관광지라는데 뭐가 많지 않겠냐?"

경천대관광지는 상풍교 인증센터에서 불과 6km 떨어진 가까운 곳에 있었다. 하지만 가볍게 마무리할 줄 알았던 여정은 쉽게 끝을 보여주지 않았다. 경천대관광지를 앞두고 갑자기 말도 안 되는 급경사를 자랑하는 오르막길이 나타났다. 혹시 길을 잘못 들었나 싶어서 휴대전화

셋째 날

지도앱을 살펴보니, 이 오르막길은 매협재라는 고개이고 경천대관광지로 향하는 자전거길이 맞았다. 페달을 밟고 올라가기 어려웠던 이화령과 달리, 매협재는 자전거를 끌고 올라가는 일조차 힘겨웠다. 끌고 가는 내내 모두의 입에서 쌍욕이 터져 나왔는데, 막판에는 진이 빠져 다들 가쁜 숨만 내쉬었다. 어떻게 이런 말도 안 되는 오르막길을 자전거길이라고 부르는지 믿기지 않았다.

매협재에 오르니 경천대관광지를 알리는 거대한 조명이 눈에 들어왔다. 설레는 마음을 안고 관광지에 들어왔지만, 아무것도 없었다. 숙소는 넓은 펜션 한 곳뿐이었는데 지나치게 비쌌고, 문을 연 가게나 음식점도 보이지 않았다. 지도앱을 살펴보니 관광지에서 불과 1km 떨어진 곳에 모텔이 있었다. 전화해보니 다행히 영업 중이었다. 세 사람은 어제 이상으로 만신창이가 되어서 겨우 모텔에 닿았다. 식당과 겸업 중인 허름한 곳이었는데, 선택의 여지가 없었다. 시간은 오후 9시를 넘어가고 있었고 세 사람에겐 당장 쉴 곳이 필요했다.

이틀 동안 그래왔듯이 우희철은 나와 같은 방을 잡았다. 임정연은 한 층 위에 있는 방에 따로 짐을 풀었다. 욕실에서 먼저 씻고 나온 우희철이 내게 남은 간식이 없는지 물었다. 그 말을 듣자 몹시 배가 고파졌다. 자전거 라이딩은 엄청나게 체력을 소모하는 일이었고 그만큼 빨리 허기졌다. 수시로 초코바 같은 간식을 먹지 않으면 허벅지에 힘이 들어가지 않았다. 그러다 보니 내게도 남은 간식이 없었다. 경천대관광지에 오면 쉽게 필요한 물건을 보급할 수 있을 줄 알았는데 처절하게 예상이 빗나갔다.

나는 우희철에게 모텔 1층에 식당이 있음을 상기시켰다. 우희철은 반색하며 나와 함께 바쁘게 움직여 식당을 찾았지만 이미 영업이 끝난 뒤였다. 세상이라도 무너진 듯이 낙담하던 우희철이 안쓰러워 보였는지, 모텔 주인이 남은 두부와 김치가 있는데 먹겠느냐고 물었다. 나와 우희철은 동시에 막걸리까지 몇 병 있으면 달라고 다급하게 외쳤다. 잠시 후 모텔 주인이 양은 쟁반에 두부와 김치, 도토리묵과 무생채를 막걸리 두 병과 함께 담아 내왔다. 막걸리를 흔들던 우희철이 갑자기 움직임을 멈추고 내게 물었다.

"우리끼리만 먹기는 좀 그렇지?"

"그렇긴 한데, 남자만 있는 방에 부르긴 좀."

"일단 연락이나 해보자."

우희철의 연락을 받은 임정연은 흔쾌히 합류하겠다고 답했다. 다소 지쳐 보이던 우희철의 얼굴에 생기가 돌았다. 잠시 후 임정연이 나와 우희철이 머무는 방으로 내려왔다. 우희철은 카운터에 전화해 막걸리 한 병과 잔을 추가 주문했다. 온종일 땀을 빼고 마시는 시원한 막걸리는 과장을 보태지 않고 그야말로 꿀맛이었다. 여기에 잘 어울리는 안주까지 있으니 막걸리는 금방 바닥을 보였고, 30분도 지나지 않아 막걸리를 추가 주문해야 했다. 적당히 취기가 돌고 지난 사흘간의 여정이 새로운 안주로 곁들여지자 술자리 분위기는 더 달아올랐다. 나는 분위기에 취해 임정연에게 그동안 궁금했던 질문을 던졌다.

"정말 궁금해서 그런데요, 주임님은 왜 이 회사에 다니세요?"

"그게 궁금할 일이에요?"

"솔직히 주임님은 여기서 일하실 분 같지 않거든요. 지금까지 배우 임지연을 닮았다는 말 많이 들으셨죠? 혹시 자매 아니시죠? 어떻게 이름까지 비슷해요?"

임정연은 웃음으로 민망함을 감추며 손사래를 쳤다.

"그런 언니가 있으면 벌써 자랑하고 떠들고 다녔죠. 그리고 배우는 아무나 하나요. 그래도 배우 닮았다는 말은 기분 좋네요."

우희철이 슬쩍 눈치를 보며 임정연에게 물었다.

"정연 씨는 연애 안 해?"

임정연은 막걸리를 한 모금 마시고 고개를 저었다.

"생각 없어요."

"평생 연애 한번 안 하고 비혼으로 살 것도 아니고."

"제가 평생 연애 안 하고 비혼으로 살지 어떻게 알아요?"

우희철의 표정이 사뭇 진지해졌다.

"나 지금까지 치열하게 살았어. 덜 입고, 덜 먹고, 덜 쓰면서 정말 악착같이 버텼어. 아직 아무에게도 얘기하지 않았는데, 얼마 전에는 작은 빌라 한 채도 자가로 마련했고."

나보다 고작 몇 살 더 많은 우희철이 벌써 자기 집까지 마련했다는 사실에 깜짝 놀랐다. 쥐꼬리만 한 월급으로 겨우 입에 풀칠이나 할 뿐 미래를 생각해본 적 없는 나로서는 그런 우희철이 다르게 보였다. 하지만 임정연은 전혀 놀라지 않는 눈치였다.

"고생 많으셨네요. 축하드려요."

우희철은 적당히 취한 데다 임정연의 무덤덤한 반응에 자존심이 상했는지 쓸데없는 말로 날을 세웠다.

"그거 알아? 정연 씨가 사장하고 그렇고 그런 사이라는 소문이 돈다는 거? 정연 씨도 상대방이 어떤 사람인지 중요한 게 아니라, 돈만 많으면 된다고 생각하는 속물인 거야?"

좋았던 분위기가 순식간에 얼어붙었다. 우희철도 자기가 내뱉은 말에 자기가 놀랐는지 당황했다. 방 안에 잠시 무거운 침묵이 감돌았다. 임정연은 쓸쓸하게 웃으며 자신의 빈 잔에 막걸리를 채웠다.

"대리님은 제가 정말 사장하고 그렇고 그런 사이라고 생각하세요?"

셋째 날

우희철은 전혀 동요하지 않는 임정연의 태도에 동요하며 말을 더듬었다.

"그, 그러면, 아닌 거야?"

임정연은 그윽한 눈빛으로 우희철을 바라봤다. 우희철은 임정연의 시선을 피하며 헛기침했다. 임정연은 단숨에 잔을 비우고 손등으로 입술을 닦았다.

"이런 말을 이런 자리에서 하게 될 줄은 몰랐는데, 그렇고 그런 사이라면 노혜림 부사장이 지금까지 저를 가만히 뒀겠어요?"

우희철은 긴장했는지 침을 꿀꺽 삼켰다. 중간에 낀 나는 이 상황을 어떻게 정리해야 할지 몰라 머릿속이 복잡해졌다. 임정연은 믿기 힘든 고백으로 나와 우희철을 경악하게 했다.

"여산정공의 최대 주주가 누군지 아세요? 바로 저예요."

임정연의 입에서 나오는 말은 하나하나 핵폭탄급 충격을 줬다. 임정연의 어머니는 노혜림의 배다른 언니로, 오제일과 임정연은 외숙부와 조카 사이였다. 임정연의 외할아버지는 본처가 세상을 떠나자 후처를 들였는데, 그 후처의 딸이 노혜림이었다. 끊임없이 이간질하는 후처의 등쌀을 견디지 못한 임정연의 어머니는 고등학교를 졸업하자마자 독립해야 했고, 이후 몹시 궁핍한 삶을 살다가 비슷한 처지의 남자를 만나 결혼했다. 둘 사이에 낳은 딸이 임정연이었다.

"가난해도 행복했어요. 부모님 모두 저를 진심으로 아껴주셨으니까요. 사고가 일어나기 전까지는 말이죠."

임정연은 중학교 2학년 겨울 방학 때 친구 집에서 놀고 하룻밤을 자다가 부모님의 사망 소식을 들었다. 사인은 연탄가스 중독으로 인한 질식사였다. 임정연의 가족이 살던 대구 두류동 달동네는 연탄으로 난방을 하는 곳이 많았는데 임정연의 집은 연탄보일러가 주방에 설치된 탓으로 가스 유입을 염려해 문을 열어놓는 일이 잦았다. 임정연은 집이 너무 춥다는 핑계로 일부러 친구 집에서 늦게까지 놀다가 자고 오곤 했다. 사고가 일어난 날은 지독한 한파가 몰아쳤고, 임정연의 부모님은 방문을 굳게 닫고 잠을 자다가 변을 당했다.

"부모님 모두 왕래하는 일가친척이 없어서 홀로 장례를 치렀어요. 당연히 저를 보호해줄 사람도 없었죠. 고등학교를 졸업할 때까지 보육원에서 살았어요."

임정연은 고등학교 졸업식 다음 날 보육원에서 나왔다. 그때 임정연이 국가로부터 받은 지원은 자립 정착금 300만 원이 전부였다. 준비 없이 바깥으로 내몰린 임정연은 지긋지긋한 고향에서 벗어나고 싶어 멀리 떠나 온갖 아르바이트를 전전했다. 내세울 만한 학력이나 경력도 없고 가진 거라곤 남들보다 나은 외모뿐인 임정연에게 세상은 몹시 가혹했다.

"여자가 얼굴 반반하면 살기 편할 것 같죠? 그건 괜찮은 가정환경이란 울타리 안에서 곱게 자란 여자들 이야기예요. 없이 살면 말이죠, 어떻게 한번 자빠뜨려보겠다고 접근하는, 진짜 별의별 똥파리 같은 새끼가 다 꼬여요. 그런데 어디에다 하소연도 못 해요. 제가 흘리고 다닌 거래요. 다 제가 나쁜 년이래요. 난 아무 짓도 안 했는데."

나는 문희주를 쫓기 시작한 첫날 이재유를 따라나서는 임정연을 욕했던 우희철을 떠올렸다. 우희철도 뜨끔했는지 아무런 대꾸 없이 막걸리만 홀짝였다.

"세상 참 재미있더라고요. 외할아버지가 아무런 유언도 남기지 않고 갑자기 심장마비로 돌아가셨어요. 그런데 외할아버지의 재산을 물려받을 상속인이 저와 노혜림이라더라고요. 외할아버지의 후처는 이미 죽어서 상속받을 수가 없고, 어머니가 살아 계셨다면 물려받았을 몫을 외손녀인 제가 대신 받는 거래요. 그걸 대습상속이라고 한다네요? 밀린 원룸 월세 때문에 전전긍긍하던 제가 갑자기 수십억 자산을 가진 여산정공 대주주가 된 거예요."

여산정공을 설립한 자본은 전부 임정연의 외할아버지로부터 나왔다. 오제일이 노혜림에게 찍소리도 못 하는 가장 큰 이유였다. 임정연의 외할아버지가 재산 정리를 하기도 전에 세상을 떠나버리는 바람에 여산정공 주식 절반은 노혜림, 절반은 임정연의 몫이 되는 황당한 사태가 벌어졌다.

"노혜림이 주식을 다 내놓으라고 얼마나 협박하던지. 저도 오래 산 건 아니지만 쓴맛을 볼 만큼 봤는데 가만히 있었겠어요? 변호사한테 수임료를 두둑하게 주겠다고 약속해서 제 몫의 상속분을 고스란히 챙겼어요. 노혜림과 오제일 입장에선 날벼락을 맞은 거죠. 그 둘을 회사에서 쫓아내 어머니를 그렇게 살다가 죽도록 내몬 외할아버지에게 복수하고 싶었어요. 그런데 저 혼자 당장 할 수 있는 게 없잖아요. 일단 회사가 돌아가는 꼴을 배워야겠더라고요. 그래서 노혜림한테 저를 여산정공에 취직시켜달라고 했어요. 그렇지 않으면 제가 가진 주식으로 경영권 분쟁을 일으켜 회사를 엉망으로 만들겠다고 협박하면서. 그래서 제가 경리팀 직원으로 들어온 거예요. 회사에서 돈이 돌아가는 구조를 파악해야 회사를 먹을 수 있을 테니까. 게다가 제가 회사에 존재하는 그 자체만으로도 노혜림은 많이 불편할걸요? 목에 걸린 생선 가시처럼 말이죠."

드라마가 현실을 따라가지 못한다는 말은 이럴 때 써야 하는 건가. 나와 우희철은 놀라서 입을 벌린 채 붉어진 얼굴로 멍하니 임정연을 바라봤다. 오제일이 임정연을 은근히 어려워하는 이유도, 둘 사이의 소문을 노혜림이 무시하는 이유도, 문희주를 쫓으면서 연봉 인상에는 관심이 없다던 이유도 이제야 모두 이해가 됐다. 지금 나와 우희철 앞에 있는 임정연은 드라마 〈더 글로리〉의 빌런 '박연진'의 외모와 재력에 주인공 '문동은'의 머리를 합친 무시무시한 캐릭터였다. 임정연은 우희철을 응시하며 낮은 목소리로 물었다.

"이제 제가 좀 부담스러우시죠, 우희철 대리님?"

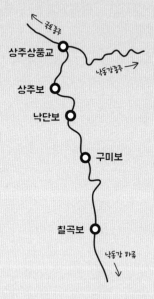

상주상풍교

상주보

낙단보

구미보

칠곡보

경북 공주 →

낙동강 공주 →

낙동강 하류 ↓

넷째 날

전날보다 이른 오전 9시부터 넷째 날 여정을 시작했다. 어젯밤 술자리에서 오갔던 대화 때문인지 우희철이 임정연을 대하는 태도가 어색했다. 임정연은 우희철에게 늘 그래왔듯이 편하게 대해달라고 부탁했다. 하지만 우희철은 임정연을 마냥 후배로 대하기 어려워하는 듯했다. 여자로서 마음에 담았던 후배가 회사를 좌지우지하는 숨은 실세라는 사실을 알게 됐으니 그럴 만도 하다는 생각이 들었다. 임정연도 술김에 비밀을 털어놓은 걸 후회하는지 쓸쓸한 미소를 거두지 못했다. 둘 사이에 끼인 나는 잠자코 눈치만 볼 뿐이었다.

문희주는 오전 8시께 인스타그램 계정에 점촌역 사진

을 올리며 '#낙동강700리'라는 해시태그를 달았다. 나는 우희철과 임정연에게 식사부터 하자고 제안했다. 그런데 지도앱으로 확인해보니 경천대관광지 주변에는 아침부터 문을 여는 식당이 없었다. 자전거길을 따라 의성에 있는 낙단보까지 가야 식사를 할 만한 곳이 나왔다. 숙소에서 낙단보까지 거리는 약 25km로 한 시간 반쯤 페달을 밟으면 닿을 수 있었다. 아침부터 빈속으로 자전거길에 서서 언제 올지 모를 문희주를 기다리기보다는 낙단보에서 이른 점심을 챙겨 먹는 게 좋지 않을까 싶었다. 우희철과 임정연도 내 생각에 동의했다.

아침 햇살이 낙동강 수면 위에 자욱하게 깔려 있던 물안개를 헤집었다. 지난밤 어둠 속에서 물 흐르는 소리로 인사를 건넨 낙동강은 서서히 물안개를 걷어내며 모습을 드러냈다. 눈앞에 수묵담채화를 닮은 장엄한 풍경이 펼쳐지며 낙동강이 큰 강임을 새삼 실감케 했다. 얼마 지나지 않아 인증센터가 있는 상주보에 닿았다. 나는 인증센터 부스에 들어가 인증수첩의 낙동강자전거길 페이지를 펼쳐 도장을 찍었다.

인증수첩에 상쾌하게 첫 도장을 찍고 낙동강의 아침 풍경에 감동하는 시간은 짧았다. 첫 끼니를 해결할 낙단보까지 가는 과정은 험난했다. 노면 상태가 고르지 않은 데다, 오르막길과 내리막길이 수시로 반복됐다. 살짝 과장을 보태자면 이화령 이상으로 인내를 시험하게 만드는 구간이었다. 사실상 비포장도로와 다름없는 구간이 많아서 타이어에 펑크가 날까 봐 내리막길에서도 속도를 낼 수가 없었다. 늦지 않았으니까 돌아가! 살려줘! 구간 곳곳에 설치된 옹벽에는 앞서 지나간 라이더들이 남긴 수많은 낙서가 새겨져 있었다. 빗속에 체력까지 바닥난 나는 낙서를 보고 웃을 수가 없었다. 우희철과 임정연도 마찬가지인 듯 묵묵히 험난한 구간을 돌파하는 데에만 집중할 뿐이었다.

예상보다 20분가량 늦은 오전 11시께 낙단보 인증센터에 도착했다. 나는 인증수첩에 도장을 찍은 뒤 우희철과 임정연에게 어제 먹은 술을 해장하는 게 어떻겠느냐고 제안했다. 민물매운탕집, 뼈다귀해장국집, 칼국수집 등 미리 확인한 대로 낙단보 주변에는 다른 인증센터 부근과 달리 음식점이 많았다. 나는 우희철과 임정연에게 어디서 식사할지 의견을 물었다. 오늘따라 우희철은 좀처럼 먼저 입을 열지 않았다. 주위를 둘러보며 간판을 살피던 임정연의 시선이 오리고깃집에서 멈췄다.

"며칠 동안 자전거로 장거리를 달렸는데 다들 든든한 식사 한번 하지 못했잖아요. 저기서 몸보신하고 가요. 제가 살게요."

예약하지 않고 방문한 터라 오리탕이 나오는 데 30분

이상 걸렸다. 우희철과 임정연은 말없이 휴대전화만 들여다보며 그 시간을 견뎠다. 나 또한 휴대전화로 웹서핑하며 시간을 죽이다가 심준호에게 낙단보 인증센터 사진을 보내며 오리고깃집에서 점심을 먹고 문희주를 기다릴 예정이라고 카카오톡 메시지를 남겼다. 심준호는 조심해서 라이딩하라고 안부를 전하며 뜻밖의 질문을 했다.

　— 문희주 과장님이 정말 로또에 당첨된 게 맞을까? 로또에 당첨된 사람이 고작 자전거로 국토종주를 떠난다는 게 이해가 되지 않아서. 나라면 짐 싸 들고 해외여행을 떠났을 텐데.

　심준호는 내 대답을 기다리지 않고 또 다른 질문을 던졌다.

　— 거기까지 갔는데 과장님을 회사로 모셔오지 못해서 연봉 인상에 실패하면 억울할 것 같지 않아?

　대답할 말이 바로 떠오르지 않아 고민하고 있는데 임정연이 우희철에게 물었다.

　"대리님은 여기서 과장님 만나면 어떻게 하실 거예요?"

　우희철은 어색함을 감추려고 과장되게 웃었다.

　"하하하! 뭘 어떻게 해! 모시고 갈 수 있으면 모시고 가고, 실패하면 빈손으로 돌아가는 거지."

　"오늘 과장님을 만나서 모시고 가는 데 성공하든 실패하든 이 여행은 끝나는 거네요?"

넷째 날

"뭐, 그렇게 되겠지?"

임정연이 뭐라고 말을 하려는데, 주문한 오리탕이 테이블 위에 올랐다. 무쇠 냄비 안에서 부글부글 끓는 오리탕은 보기만 해도 푸짐했다. 국자로 국물을 떠서 앞접시에 담아 식힌 뒤 한 모금 먹어봤다. 들깨를 듬뿍 넣고 오랫동안 푹 끓여낸 구수하고 진한 맛이 매력적이었다. 국물의 열기가 몸 안 구석구석으로 퍼져 스며들자 뭉쳤던 근육이 풀리는 기분이 들었다. 뼈에 붙은 살점을 뜯어 먹고 국물에 찰밥을 말아 무생채, 시래기무침, 배추나물 등 반찬을 곁들이니 진수성찬이 따로 없었다. 나온 음식이 적당히 줄어들고 숟가락과 젓가락의 움직임이 잦아들자, 임정연이 식사 전에 하려다가 미뤘던 말을 다시 꺼냈다.

"두 분께 죄송하고 무리한 부탁인데, 오늘 한나절만 더 저와 자전거를 타지 않으실래요?"

나와 우희철은 임정연의 뜬금없는 부탁을 듣고 말없이 서로를 바라보며 당혹스러워했다. 임정연은 자기 앞접시를 내려다보며 겸연쩍어했다.

"제 고향이 대구라고 말씀드렸잖아요. 부모님 산소가 대구 성서공동묘지에 있는데 안 가본 지 꽤 오래됐거든요. 방금 지도를 살펴보니까 자전거길이 강정고령보를 거쳐 가더라고요. 거기서 묘지까지 멀지 않아요."

우희철이 난감한 표정을 지으며 말을 더듬었다.

"어, 그런, 일이라면, 그냥, 가까운 터미널에서, 버스를 타고 가는 게…… 편하지 않겠어?"

임정연의 얼굴이 쓸쓸해졌다.

"의미 없는 일이긴 한데, 조금이라도 더 지치고 힘든 티를 내야 엄마 아빠가 저를 덜 미워할 것 같아서. 너무 오래 안 찾아갔거든요."

나와 우희철이 무거운 표정을 짓자, 임정연이 억지로 미소를 지으며 농담을 했다.

"옷에서 땀내가 너무 많이 나서 이대로 버스 타면 민폐예요. 지금 우리 꼴을 보세요. 편의점에서 속옷과 양말만 겨우 새 걸로 사가지고 챙겨 갈아입었지 이게 사람 꼴인가요? 거지꼴이지."

지도앱으로 살펴보니 낙단보에서 강정고령보까지 거리는 약 78km, 여유롭게 다섯 시간가량 페달을 밟으면 닿는 곳이었다. 그 사이에 구미보와 칠곡보를 거쳐야 하는데 인증수첩에 도장을 찍고 싶은 욕심이 동했다. 나는 우희철에게 슬쩍 운을 띄웠다.

"거리를 보니까 지금 출발하면 날이 어두워지기 전에 충분히 도착하겠는데요? 과장님을 하루 늦게 만난다고 해서 별일이야 있겠어요? 이미 몇 번 이야기했지만, 과장님을 모시고 가든 말든 우리가 손해 볼 게 뭐가 있어요, 안 그래요?"

넷째 날

우희철이 짧게 한숨을 쉬고 고개를 끄덕였다.

"그래…… 죽은 사람 소원도 들어준다는데 산 사람 소원이라고 못 들어줄까. 여기까지 왔는데 뭘 어쩌겠어."

나는 심준호에게 조금 전에 보내지 못한 메시지를 다시 보내려고 전송 버튼을 눌렀다.

— 글쎄요. 억울하진 않을 것 같은데요? 생각보다 이 여행 꽤 흥미롭거든요. 대리님도 같이 왔으면 좋았을 텐데.

낙단보 이후 구간은 지금까지 달려온 자전거길 중에서 가장 무난했다. 낙동강을 따라 높지도 낮지도 않은 길이 지루하다 싶을 정도로 평이하게 이어졌다. 오가는 라이더들이 드물어 속도를 내기에도 좋았다. 페달을 쉼 없이 밟는데도 엉덩이와 손바닥 통증이 전날보다 줄어들어 놀라웠다. 다음 인증센터가 나오는 구미보에는 수도권 구간 인증센터가 아니면 보기 힘든 편의점이 있었다. 나는 인증수첩에 도장을 찍은 뒤 편의점에서 에너지 드링크를 마시며 우희철과 임정연에게 이 같은 변화를 자랑스레 말했다.

"지금 제 몸 상태 말이죠, 덜 충전된 채로 방전을 거듭하는 배터리 같아요. 첫째 날에 완충 상태였다가 방전되고, 둘째 날에는 80퍼센트 충전됐다가 방전되고, 셋째 날에는 60퍼센트 충전됐다가 방전되고. 계속 체력이 떨어지고 있거든요? 그러면 자전거를 오래 못 타야 하잖아요. 그런데 우리 말이죠, 매일 주행거리가 점점 늘어나고 있다는 거 아세요? 체력은 떨어졌는데 더 잘 달리고 있어요. 신기하지 않아요?"

임정연도 내 말에 맞장구를 쳤다.

"그러게요? 체력은 저질이 됐는데 더 잘 달리고 있긴 하네요."

우희철은 무심하게 자신의 손바닥을 펼쳐 보였다. 손바닥 곳곳에 두꺼운 굳은살이 단단하게 박여 있었다.

"손에 굳은살이 박이듯 몸이 자전거에 적응하고 있다는 신호야. 더 적응하면 나처럼 아무리 오래 타도 엉덩이가 아프지 않은 날이 와."

몸으로 느껴지는 변화는 그뿐만이 아니었다. 자전거길을 따라 남쪽으로 내려올수록 기온이 따뜻해짐을 체감할 수 있었다. 강변에선 많은 사람이 가벼운 차림으로 낚시를 즐기고 있었다. 벌이 날아다니는 소리도 들렸다. 그 소리를 따라 시선을 옮기니 풀밭에 이름 모를 갖가지 꽃이 피어 있는 모습을 볼 수 있었다. 나는 휴대전화를 들고 풀밭으로 다가가 네이버 앱 스마트렌즈 기능을 실행한 뒤 꽃에 카메라를 들이댔다. 패랭이꽃, 달맞이꽃, 벌개미취, 산국…… 앱이 알려준 꽃의 이름은 하나같이 친근하고 정겨웠다. 지금까지 뭐 하느라 이 좋은 걸 모르고 살

넷째 날

앉나. 갑자기 눈물이 핑 돌았다. 나는 눈을 비비는 척하며 슬쩍 눈물을 훔쳤다.

구미보를 벗어나자 자전거길이 국도 옆에 붙어 나란히 이어졌다. 국도를 오가는 수많은 화물차가 가까운 곳에 산업단지가 조성돼 있음을 알려줬다. 산길, 숲길, 강을 따라 이어지는 길 등 인적이 드문 길로 다니다가 오랜만에 시끄러운 풍경을 만나니 반가웠다. 바쁘게 페달을 밟다 보니 칠곡군에 진입했음을 알리는 표지판이 보였고, 얼마 지나지 않아 칠곡보 인증센터가 나타났다. 칠곡보에도 구미보처럼 편의점이 있었다. 인증수첩에 도장을 찍은 뒤 물과 간식을 보급하고 잠시 쉬었다가 강정고령보로 향했다. 문희주의 인스타그램 계정을 확인해봤는데, 새롭게 올라온 사진은 없었다.

나름 번화한 동네인 왜관읍을 지나치니 다시금 강을 따라 고요한 길이 한참 동안 이어졌다. 그러다가 예고 없이 대구 달성군에 진입했음을 알리는 표지판이 나타났다. 이후 강을 따라 무아지경 상태로 페달을 밟다 보니 마치 우주선을 연상케 하는 거대한 은색 조형물이 서서히 눈에 들어왔다. 강정고령보가 가까워지고 있었다. 날이 어두워지기 전에 이 정도 장거리를 라이딩해 목적지에 도착하긴 처음이었다.

강정고령보는 한강공원처럼 많은 사람이 찾는 번화한

관광지였다. 수많은 식당과 카페가 성업 중이었고, 넓은 잔디밭과 광장에선 가족 단위로 온 관광객들로 붐볐다. 나는 습관처럼 인증센터부터 찾았다. 강정고령보 인증도장을 찍는 곳은 낙동강자전거길 하류 페이지 상단에 있었다. 자전거로 그 길었던 낙동강 상류를 벗어나 하류에 진입했다는 사실이 놀라웠다.

임정연은 오랜만에 찾은 고향에 관한 감회가 새로운지 천천히 주변 풍경을 눈에 담고 있었다. 우희철이 임정연을 슬쩍 살펴보더니 내게 다가와 휴대전화로 문희주의 인스타그램 계정을 보여줬다. 계정에는 재래시장 풍경을 담은 새로운 사진이 올라와 있었다. 문희주가 사진을 올린 시각은 30분 전이고, '왜관시장'이라는 위치 정보와 '#오늘밤은여기서'라는 해시태그가 달려 있었다. 우희철은 미간을 찡그린 채로 고개를 갸웃거렸다.

"아무리 생각해봐도 뭔가 이상해."

"네? 뭐가 이상한데요?"

우희철이 내게 뭔가 은밀히 말을 하려는데, 임정연이 다가왔다. 우희철은 표정을 고치고 임정연에게 물었다.

"부모님 산소로 가려고?"

임정연은 하늘을 한번 올려다보고 살짝 미소를 지었다.

"해가 지기 전에 들르려고요."

"그다음에는?"

넷째 날

"이따가 간만에 친구 얼굴 좀 보기로 했어요. 학창 시절 친하게 지낸 애들이 대구에 아직도 꽤 많이 살아요."

우희철이 휴대전화를 꺼내 문희주의 인스타그램 계정을 임정연에게 보여줬다.

"과장님은 오늘 왜관에서 주무시나 봐. 상익이와 여기서 하룻밤 보내고 내일 출발하려고 했는데 이 근처에는 식당과 카페만 있지 숙소가 없더라. 지도를 보니까 숙소를 잡으려면 성서까지 가야 하더라고. 정연 씨 부모님 산소도 성서에 있다고 했잖아? 함께 움직이지 뭐."

임정연은 가볍게 두 손을 내저었다.

"뭐 하러 그러세요. 그냥 저 혼자 가도 괜찮아요."

"부담 가질 필요 없어. 어차피 동선도 같아."

임정연이 대열의 앞에 서고 우희철과 내가 그 뒤를 따랐다. 강정고령보에서 벗어나 강창교라는 다리를 건너니 대형 아파트 단지와 계명대학교가 보였다. 그 길을 따라 대구지하철 2호선 계명대역, 성서산업단지역을 지나치니 성서공동묘지와 가까운 이곡역이 나타났다. 도심에 이렇게 큰 공원과 공동묘지가 있다는 게 이채로웠다. 우희철은 나와 임정연에게 잠시 기다리라고 한 뒤 역 근처 식자재마트로 들어갔다. 잠시 후 마트에서 나온 우희철은 청주 한 병과 종이컵, 북어포를 담은 비닐봉지를 임정연에게 건넸다.

"오랜만에 부모님 뵙는데, 빈손으로 갈 거야?"

임정연의 두 눈이 붉어지더니 목소리가 촉촉해졌다.

"대리님…… 정말 감사해요."

우희철은 자전거를 반대 방향으로 돌리고 임정연에게 손을 흔들었다.

"별것도 아닌데 뭐. 곧 회사에서 봐. 좋은 시간 보내고. 우린 갈게."

우희철은 믿을 수 없이 쿨하게 임정연에게 작별 인사를 하고 멀어졌다. 나는 우희철을 놓칠세라 허벅지에 힘을 실으며 그 뒤를 바짝 따라붙었다. 우희철이 처음으로 남자로서 멋있어 보였다. 건널목 앞에서 자전거를 세우고 신호를 기다리다가 흡족하다는 얼굴로 자화자찬하기 전까지는 말이다.

"상익아, 아까 나 좀 멋있지 않았냐?"

계명대학교 건너편에 조성된 공단 주변으로 모텔 밀집 지역이 있었다. 숙박앱으로 저렴하게 적당히 밤을 보낼 수 있는 숙소를 예약하고 우희철과 대학가 프랜차이즈 꼬치구이집에 자리를 잡았다. 닭껍질꼬치, 염통꼬치, 김치우동, 생맥주 두 잔. 우희철은 메뉴판을 보지도 않고 바로 종업원을 호출해 주문했다.

"여기 와서 모듬꼬치 같은 거 시키면 아까워. 다 먹어봤는데 닭껍질과 염통이 베스트야. 그리고 이 집 김치우동 잘하는데 안 시키면 서운하지."

손님 대부분은 대학생으로 보이는 청년이었다. 대학가 특유의 왁자지껄하면서도 아기자기한 분위기가 반가웠다. 사투리가 강한 동네답게 억양이 깊게 밴 목소리가 여기저기서 들렸다. 이런 동네가 고향이라는 임정연은 어떻게 전혀 사투리를 쓰지 않는지 신기했다. 생맥주 두 잔이 먼저 나왔다. 나는 우희철과 건배한 뒤 맥주를 한 모금 마시고 기본안주로 나온 마카로니 뻥튀기를 씹었다. 익숙하지만 질리지 않는 맛. 우희철은 잔을 내려놓고 강정고령보에서 내게 하려다가 말았던 이야기를 다시 꺼냈다.

"며칠 동안 벌어진 일을 자세히 생각해봐. 뭔가 이상하다는 생각 안 들어?"

"글쎄요. 잘 모르겠는데요. 뭐가 이상한데요?"

"과장님하고 자꾸 간발의 차로 엇갈려 만나지 못하고 있잖아. 이게 우연 같지 않단 말이지. 이틀 전 아침에 준호가 나한테 카톡으로 상품권을 보낸 거 기억나지?"

나는 심준호가 보내준 편의점 모바일 상품권을 이재유에게 보란 듯이 자랑하던 우희철의 유치한 모습을 떠올렸다.

"그럼요."

175

"그때 준호가 과장님을 어떻게 회사로 모셔올 거냐고 물어보더라. 상품권까지 협찬해줬으니 얼마나 고마워. 그래서 말해줬지. 과장님이 오실 만한 한적한 구간에 먼저 도착해서 대기할 거라고. 그다음에는 당신이 준호하고 카톡했지? 우리 양평에서 옥천냉면 먹을 때? 그 이후에 또 연락한 적 있어?"

나는 당시 상황을 머릿속으로 복기해봤다. 냉면을 먹고 배탈이 나서 화장실을 들락날락하던 우희철이 이재유의 깐죽거림에 발끈해 이재유의 자전거 뒷바퀴를 차버리는 통에 바퀴에 펑크가 났다. 수리를 마치고 양평군립미술관 인증센터에 와서 대기하는데, 문희주는 그보다 앞선 시각 미술관에 도착해 인증샷을 찍어 인스타그램에 올렸다. 이후 문희주를 따라잡으려고 용달차를 호출해 비내섬으로 이동했다.

"비내섬에 있을 때 심 대리님께서 카톡을 주셨습니다."

"그때 무슨 이야기를 나눴어?"

"그냥 뭐, 비내섬에서 과장님을 기다리고 있다고 말씀드렸죠."

"그다음에 무슨 일이 벌어졌지? 과장님이 여주에 짐을 풀었다는 사진을 올려 허탕을 쳤잖아. 안 그래?"

나는 우희철의 말이 지나친 억측으로 들렸다.

"그냥 우연이겠죠."

넷째 날

주문한 닭껍질꼬치, 염통꼬치, 김치우동이 나왔다. 별기대 없이 닭껍질꼬치 하나를 집어 들어 한입 베어 물었는데 바삭하면서도 촉촉한 식감이 기가 막혔다. 씹을 때마다 달짝지근한 소스와 어우러진 고소한 닭기름이 입안 구석구석으로 퍼지며 맥주를 불렀다.

"오! 이 집 꼬치 훌륭한데요?"

우희철은 염통꼬치를 맛나게 씹으면서도 의혹 제기를 멈추지 않았다.

"너 어제도 준호와 카톡했지? 잘 생각해봐. 그다음에 무슨 일이 벌어졌지?"

수안보에서 점심 먹을 때 심준호와 카톡으로 대화를 나눴고, 그 이후 문희주가 인스타그램에 탄금대 인증센터 사진을 올렸다. 여기까진 특별히 이상할 게 없었다. 그런데 이화령에서 벌어진 일은 조금 이상했다. 심준호와 카톡으로 이야기를 나눈 뒤 문희주의 인스타그램에 이화령 사진이 올라왔다. 마치 기다리기라도 했다는 듯.

"이화령에서 과장님을 보지 못하고 놓친 건 좀 이상하긴 했죠."

"어디 그뿐이야? 점촌에서 중국집에 들렀을 때를 생각해봐. 네가 준호랑 카톡한 다음에 무슨 일이 벌어졌어? 좀 이따가 과장님이 점촌에서 돼지갈비를 굽고 있는 인증샷을 올렸잖아. 우리가 과장님을 조금씩 앞서가고 있긴 한데, 뭔가 계속 미묘하게 어긋나서 서로 만나지 못하고 있어. 우리가 과장님을 쫓아가는 게 아니라, 과장님이 우리를 한걸음 뒤에서 따라오는 것 같지 않아? 준호와 과장님 사이에 분명히 뭔가가 있어."

쓸데없이 진지하게 의혹을 제기하는 우희철이 우스웠지만, 한편으로는 점심때 낙단보 오리고깃집에서 심준호가 카카오톡으로 내게 했던 말이 떠올라 찜찜했다.

— 거기까지 갔는데 과장님을 회사로 모셔오지 못해서 연봉 인상에 실패하면 억울할 것 같지 않아?

우희철은 휴대전화를 꺼내 심준호와 카카오톡으로 나눈 대화를 보여주며 확신에 찬 목소리로 말했다.

"이걸 봐. 내가 아까 준호에게 먼저 카톡을 보내며 슬쩍 떠봤거든. 강정고령보 근처에서 하룻밤 묵을 계획이라고. 그러면 좀 이따가 과장님이 강정고령보 바로 전 인증센터가 있는 칠곡보 근처에서 숙박한다는 사진을 인스타에 올리지 않을까 싶었어. 그런데 정말 그러더라. 왜관시장은 칠곡보 근처잖아. 이게 우연일까?"

나는 문희주의 인스타그램 계정에 들어가 아까 올라온 사진을 다시 살펴봤다. 우희철의 말을 듣고 사진에 달린 '왜관시장'이라는 위치 정보와 '#오늘밤은여기서'라는 해시태그를 보니 예사롭지 않았다. 우연의 일치인지 몰라도 우희철의 말에 일리가 있어 보였다. 하지만 결정적인 문

넷째 날

제가 있었다. 아무리 생각해봐도 문희주가 나와 우희철의 뒤를 쫓을 이유가 없었다. 마찬가지로 심준호가 문희주와 한패여야 할 이유도 없었다.

"우리가 과장님을 쫓을 이유는 확실하죠. 연봉 인상! 하지만 과장님이 우리를 쫓을 이유는 전혀 없잖아요. 괜히 복잡하게 생각하는 거 아니세요?"

우희철은 잠시 고민하더니 내게 인증수첩을 보여달라고 요구했다. 수첩을 건네받은 우희철은 낙동강자전거길 하류 페이지를 펼쳤다.

"내일 준호를 역이용해서 다시 한번 확인해보자."

"역이용이요? 어떻게요?"

우희철은 강정고령보를 가리키며 고개를 저었다.

"여긴 숙소에서 가깝지만 관광지여서 오가는 사람과 라이더가 너무 많아. 과장님이 지나가도 보지 못하고 놓쳐버릴 수 있어."

우희철은 다음 인증센터가 있는 달성보, 그다음 인증센터가 있는 합천창녕보를 차례로 가리켰다.

"내일 아침 준호한테 합천창녕보에서 점심을 먹고 과장님을 기다릴 예정이라고 운을 띄우자. 만약 내 예상이 옳다면, 과장님은 점심쯤 직전 인증센터가 있는 달성보 사진을 인스타에 올리겠지?"

우희철은 검지로 달성보에 동그라미를 그렸다.

"우리는 내일 오전 합천창녕보까지 가지 않고 달성보에서 계속 대기하는 거야. 그러면 달성보에서 사진을 찍어 인스타에 올리는 과장님을 만날 수 있지 않을까? 이대로만 이뤄지면 금방 추노가 끝날 것 같은데?"

들고 보니 꽤 그럴싸한 계획이었다. 내일이면 문희주를 오제일에게 데려가든 못 데려가든 결판이 난다고 생각하니 홀가분한 기분이 들었다. 하지만 왠지 모를 아쉬운 감정이 스멀스멀 올라왔다. 학창 시절 내가 살던 동네에 서너 시간 간격으로 운행하던 시내버스가 있었다. 나는 승객도 거의 없는 그 버스와 아주 가끔 등하굣길에서 마주쳤다. 그 버스의 종점은 '선골부락'이란 곳이었는데, 어감이 왠지 신선이라도 사는 곳처럼 신비롭게 느껴졌다. 언젠가는 꼭 버스를 타고 그곳에 가보겠다고 벼르는 사이 몇 년이 흘렀다. 그리고 정류장에는 그 버스의 노선 폐지를 알리는 안내문이 붙었다.

나는 인증수첩의 낙동강자전거길 하류 페이지를 들여다봤다. 달성보, 합천창녕보, 창녕함안보, 양산 물문화관만 지나면 바다가 보이는 낙동강하굿둑이었다. 내가 자전거로 닿은 상상 속의 바다는 마치 미지의 버스 종점 '선골부락'처럼 신비로웠다. 앞으로 이 자전거길을 달리는 날이 다시 올까. 그런 생각을 하니 조바심이 일었다. 나는 우희철이 어떤 생각을 하고 있는지 궁금했다.

넷째 날

"대리님은 과장님을 회사로 모시고 가는 데 실패하면 어떻게 하실 거예요?"

"뭘 어떻게 해? 돌아가야지."

"조금만 더 가면 바다가 나오는데, 아쉽지 않으세요?"

"아쉽긴 개뿔. 힘들어 죽겠다."

엄살과 달리 우희철은 별로 힘들어 보이지 않았다. 자전거에 저렇게 익숙한 사람이 왜 과거 국토종주를 하다가 이화령고개만 넘고 끝냈는지 이해할 수 없었는데, 우희철이 밝힌 이유는 황당했다.

"정연 씨 없으니까 솔직히 말하는데, 인증수첩으로 돈 좀 벌어보려고 했었어. 대량으로 수첩을 사서 전국의 인증센터를 다니며 도장을 찍은 다음 취업준비생들에게 파는 장사꾼도 있다는 말을 주워들었거든. 그 수첩으로 국토종주 인증메달을 받으면 나름 자기소개서 쓸 때 도움이 된다나? 수첩 한 개에 시세는 10만 원. 괜찮아 보였어. 자전거로 여행도 하고 돈도 벌고. 근데 막상 해보니까 이건 좀 아니다 싶더라. 몸은 힘들고 속도는 느리고, 밥값에 숙박비도 많이 들고. 차를 가지고 빠르게 움직이며 도장을 찍으면 몰라도 직접 자전거를 타고 다니면서 그 짓거리를 하자니 본전도 못 챙기겠더라고. 그래서 이화령만 넘고 그만뒀지. 현타가 와서. 그래도 그때 마련한 자전거로 코로나 때 주말마다 배달 알바하면서 돈 꽤 벌었어."

경험하지 않은 경험을 취업 스펙으로 내세우는 것은 무슨 의미이며, 그런 스펙을 만들어 파는 건 또 무슨 의미인가. 씁쓸하면서도 한편으로는 우희철의 악착같은 생활력이 대단하게 느껴졌다.

"그렇게 열심히 사신 덕분에 집도 자가로 마련하셨잖아요. 저는 모아놓은 돈도 거의 없는데 부럽습니다. 진심으로요."

우희철은 닭껍질꼬치를 씹으며 자조했다.

"그래봐야 14평짜리 구축 빌라야. 그것도 대출 끼고 샀다. 여산정공에서 백 년 동안 뼈 빠지게 일해봤자 서울에 있는 아파트 한 채를 못 산다. 지금 연봉으로 무슨 결혼을 하고 무슨 애를 키우겠냐. 문희주 과장님, 정말 부럽다…… 씨바! 존나게 부럽다!"

"진짜 대박은 임 주임님 아닌가요? 저 어제 깜짝 놀랐다니까요? 완전 반전!"

우희철은 잔에 남은 생맥주를 단숨에 비우고 깊은 한숨을 내쉬었다.

"정체를 알고 나니까 말을 못 붙이겠더라. 땀에 전 옷을 대충 입고 머릿결도 엉망인데 등 뒤에서 빛이 나. 막 반짝반짝해! 그런 여자가 여산정공 경리팀의 말단직원이란 게 사실 말이 안 됐던 거야. 내가 주제도 모르고 헛물켰지. 앞으로 회사에서 얼굴 어떻게 보냐. 여기요! 생맥 한

잔 더 주세요!"

우희철이 새로 나온 생맥주잔을 들고 내게 건배를 청했다. 나는 잔을 부딪치며 우희철을 위로했다.

"그래도 아까 임 주임께 청주와 북어포를 챙겨주시고 쿨하게 돌아설 때, 솔직히 멋있었어요. 그건 인정."

우희철은 어울리지 않게 쑥스러워했다.

"그렇게라도 마지막에 괜찮은 인상을 남겨야 회사에서 얼굴 볼 때 덜 민망하지. 까놓고 말해 나중에 사장 자리에 오를지도 모르잖아. 미리 줄을 잘 서야 콩고물이라도 얻어먹지. 그래도 우린 며칠 동안 함께 고생했으니 이제 임정연 라인 제대로 탔네, 안 그러냐?"

"코딱지만 한 회사에서 라인은 무슨요. 월급이나 밀리지 않으면 다행이지."

"그나저나 당신은 과장님을 회사로 모시고 가는 데 실패하면 어떻게 할 거야?"

내가 우희철에게 했던 말을 그의 입을 통해 돌려받으니 새롭게 들렸다. 이젠 문희주를 만나든 말든 중요하지 않았다. 징검다리를 밟듯 남은 인증센터를 거쳐 부산 앞바다를 눈에 담고 싶었다. 무언가에 진심이 되긴 정말 오랜만이었다.

"여기까지 왔는데 뭘 어쩌겠어요."

낙동강 상류

강정고령보

달성보

합천창녕보

다섯째 날

    전날과 비슷한 오전 9시부터 다섯째 날 여정을 시작했다. 문희주는 오전 8시께 인스타그램 계정에 칠곡보 사진을 올리며 어제와 동일한 '#낙동강700리'라는 해시태그를 달았다. 어제 우희철과 꼬치구이집에서 나눴던 대화 때문일까. 문희주가 나와 우희철에게 일부러 자신의 동선을 보여주는 듯한 기분을 느꼈다. 나는 우희철과 숙소 근처 순댓국집에서 해장하며 어제 세운 계획대로 심준호에게 카카오톡 메시지를 보냈다.

    — 오늘 잘하면 일정이 마무리될 것 같습니다. 지금 대구 강정고령보에 있는데, 여긴 자전거를 타는 사람이 많아서 과장님이 지나가셔도 못 알아보겠더라고요. 지도를

보니까 부지런히 달리면 달성보를 지나 점심 전엔 합천 창녕보에 도착하지 않을까 싶습니다. 거기서 간단히 점심을 먹고 과장님을 기다려보려고 합니다. 매일 수시로 안부를 물어보고 응원해주셔서 감사합니다. 곧 회사에서 뵙겠습니다.

메시지 옆에 붙어 있던 숫자 '1'이 곧 사라졌다. 하지만 심준호의 답 메시지가 없었다. 평소와 다른 심준호의 반응이 조금 신경 쓰였지만, 바빠서 그랬겠거니 하며 넘겼다. 우희철도 심준호의 반응을 따로 물어보진 않았다. 강정고령보와 달성보 사이의 거리는 약 21km였다. 자전거로 한 시간 남짓 소요되는 거리였다.

날씨가 여느 때보다 좋았다. 살갗에 닿는 바람은 청량했고, 조각구름이 흘러가는 높고 파란 하늘은 지브리 애니메이션 속 하늘처럼 말갛게 어렸다. 저 멀리 보이는 여러 산봉우리, 벼가 익어가는 너른 논, 바람에 흔들리며 반짝이는 억새, 파란 하늘과 대비를 이루며 선명한 색을 뽐내는 코스모스. 달성보로 향하는 자전거길은 굽이치는 강을 따라 천천히 흐르며 다양한 풍경을 보여줬다. 게다가 경사도 거의 없는 평이한 길이어서 페달을 힘줘 밟지 않아도 괜찮았다. 달성보에 도착한 뒤로는 인증센터 근처 전망대에서 영업 중인 편의점 테이블에 앉아 캔커피를 마시며 망중한을 보냈다.

다섯째 날

시작부터 모든 게 완벽해 보였던 하루는 정오께 문희주의 인스타그램 계정에 올라온 사진 한 장으로 혼돈에 빠졌다. 편의점 테이블 위에 올라 있는 삼각김밥과 음료수, 그리고 달성보라는 위치 정보. 나와 우희철이 편의점 테이블에 머무는 동안, 같은 자리에 앉아 삼각김밥과 음료수를 먹은 라이더는 아무도 없었다. 그런데 이런 사진이 올라오다니 귀신이 곡할 노릇이었다. 우희철은 사진과 테이블을 번갈아 바라보며 황당해했다.

"상익아. 너는 지금 이게 무슨 상황인지 이해가 되냐?"

"설마 유령이라도 다녀간 건 아니겠죠?"

우희철이 어디론가 전화를 걸다가 바로 끊더니 나를 보고 탄식했다.

"어이없네…… 우리 며칠 동안 뻘짓한 것 같다."

"그게 무슨 말씀이세요?"

"준호한테 전화 걸어봐."

심준호에게 전화를 걸자 해외 로밍 통화 연결음이 들렸다. 나는 어제 심준호가 카카오톡으로 내게 했던 말을 상기했다.

— 문희주 과장님이 정말 로또에 당첨된 게 맞을까? 로또에 당첨된 사람이 고작 자전거로 국토종주를 떠난다는 게 이해가 되지 않아서. 나라면 짐 싸 들고 해외여행을 떠났을 텐데.

나흘 전, 오제일이 문희주 환송 회식에 참여했던 모든 직원을 아침부터 사장실로 호출했던 상황이 떠올랐다. 그날 오제일에게 당첨 번호가 꽝이어서 복권을 버렸다고 말한 사람은 나, 김용범, 심준호 이렇게 세 명이었다. 김용범에게 잠시 전화를 걸었다가 끊었는데, 그사이 정상적인 신호음이 들렸다. 그리고 나는 여기에 있었다. 나는 심준호가 보낸 카카오톡 메시지를 우희철에게 보여줬다.

　"아무래도 복권 당첨자는 문희주 과장님이 아닌 것 같습니다."

　우희철은 말없이 캔커피를 들고 자리에서 일어나 전망대 엘리베이터로 향했다. 나도 그 뒤를 따랐다. 전망대 꼭대기에서 내려다본 달성보와 낙동강은 자전거길에서 바라볼 때보다 훨씬 넓고 시원했다. 우희철이 전망대 난간에 등을 기댄 채 하늘을 올려다보며 말했다.

　"여기서 보는 뷰도 죽이는데, 이보다 더 높은 곳에서 바라다보이는 뷰는 더 죽이겠지? 좋겠다, 심준호. 지금쯤 해외에서 신나게 좋은 구경 하고 있겠지? 어디일까? 하와이? 발리? 괌? 나트랑? 개새끼!"

　나는 씁쓸한 미소로 대답을 대신했다. 우희철이 다 마신 커피 캔을 구기며 길게 한숨을 내쉬었다.

　"하아…… 그나저나 준호 이 새끼는 무슨 생각으로 이런 짓을 벌인 걸까? 괘씸하지 않냐?"

심준호는 오제일이 헛다리 짚고 흥분하는 모습을 보고 무슨 생각이 들었을까. 오제일이 연봉 인상을 조건으로 내걸며 문희주를 잡아 오라고 지시했을 때 얼마나 가소로웠을까. 그 지시에 따라 동료 직원들이 우르르 몰려 나가는 모습을 보고 얼마나 우스웠을까. 생각할수록 기가 막혔다.

"사장님께 전화해 상황을 말씀드려야겠죠?"

"오늘이 추노를 시작한 지 며칠째지?"

"5일째입니다."

우희철은 손가락으로 숫자를 헤아리다가 고개를 저었다.

"내버려 둬. 어차피 사장이 일주일 시간을 줬잖아. 지금 전화해서 이런 상황을 알리면 당장 돌아오라고 지랄할 걸? 이틀 남았네. 그냥 놀아."

나는 문희주에게 전화를 걸어봤다. 바로 자동응답 메시지가 들렸다. 우희철이 내 휴대전화에서 새어 나오는 자동응답 메시지를 듣고 코웃음을 쳤다.

"연결음 안 들리고 바로 고객님이 전화를 받을 수 없어 어쩌고서써고하지? 그거 번호 차단당한 거야. 나도 과장님한테 전화하니 바로 그 소리부터 들리더라. 우리 다 차단당했어."

"심준호 대리님은 그렇다 쳐요. 과장님은 도대체 뭘까요?"

"낸들 아냐? 그리고 인제 와서 그걸 따지는 게 무슨 소용이야."

우희철이 구긴 커피 캔을 쓰레기통으로 던졌는데 빗나가며 바닥에 떨어졌다.

"가자."

"어디로요?"

"어디긴 어디야? 집으로 가야지."

어제 나는 문희주를 오제일에게 데려가는 데 실패하더라도 낙동강하굿둑까지 자전거를 타고 가보기로 마음먹은 터였다. 복권 당첨자가 문희주이든 심준호이든 간에, 문희주를 오제일에게 데려간다는 계획은 여기서 실패했다. 그저 실패하는 과정이 달라졌을 뿐이다. 지금 눈앞에 벌어진 상황이 황당하긴 했지만 그 상황이 남은 여정을 포기하고 돌아갈 이유는 아닌 것 같았다. 이제 인증수첩에 도장을 네 번만 더 찍으면 바다였다. 나는 바닥에 떨어진 커피 캔을 집어 들어 쓰레기통에 넣고 우희철에게 말했다.

"이 길 타고 쭉 내려가서 바다 구경하지 않으실래요?"

우희철은 어처구니없어하며 헛웃음을 터트렸다.

"지금까지 개고생했는데 더 하겠다고? 너 엉덩이 안 아파? 이젠 머리가 아프냐?"

"이왕 여기까지 왔는데, 아깝지 않으세요? 대리님은 이번 기회에 낙동강하굿둑까지 가면 전에 완주하지 못했던 국토종주에 성공하시는 거잖아요, 안 그래요?"

우희철은 나를 전혀 이해할 수 없다는 눈으로 바라봤다.

"거기까지 가면 돈이 나오냐, 쌀이 나오냐? 아무런 의미도 없는 짓을 왜 해?"

나는 잠시 망설이다가 어젯밤 잠들기 전에 정리한 생각을 풀어냈다.

"이런 말이 어떻게 들리실지 모르겠는데, 저는 살면서 무언가에 진심으로 끝까지 매달려본 적이 없어요. 공부도, 일도, 하다못해 게임조차도. 하다가 벽에 부딪히면 그냥 포기했어요. 내 재능이 그것밖에 안 된다는 핑계를 대면서. 실패하면 받게 될 상처가 두렵다는 핑계를 대면서. 실은 가장 쉬운 게 포기니까 포기를 한 건데. 그런데 말이죠, 그렇게 포기하면 꼭 나중에 후회하게 되더라고요. 그때 조금 더 부딪혀볼걸, 그때 조금 더 열심히 해볼걸 하면서요."

"그래, 그렇게 끝까지 매달렸다고 치자. 실패하면 뭐가 남는데? 기대한 만큼 결과가 나오지 않으면 어떻게 할 건데? 그게 더 허무하지 않겠냐?"

나는 시내버스 노선이 폐지돼 가보지 못한 '선골부락'에 꽤 오랫동안 미련이 있었다. 웹서핑을 통해 그곳이 그저 평범한 시골 마을이란 사실을 알게 됐지만 내 상상 속에선 여전히 신비로운 곳이었다. 가끔 꿈에 무릉도원 같은 모습으로 등장하기도 했다. 이해할 수 없는 미련을 버릴 방법은 직접 그곳을 찾는 일뿐이었다.

몇 차례 버스를 갈아탄 끝에 도착한 '선골부락'은 특별한 것 하나 없는 작고 조용한 마을이었다. 내 상상 속 무릉도원과 조금도 닮은 게 없었다. 적잖이 실망했지만 그날 이후 그곳에 관한 미련을 깨끗이 버릴 수 있었다. 오히려 진즉 와서 확인하지 않은 걸 뒤늦게 후회했다. 좀 더 일찍 확인했다면 쓸데없는 미련을 가지지 않았을 테니 말이다.

어쩌면 내 상상 속 부산 앞바다의 실체 역시 '선골부락' 같은 곳일지도 모른다. 하지만 이번 기회에 확인하지 않으면 오랫동안 미련이 남을 것 같았다. 자전거를 타고 다시 여기까지 올 기회를 만들긴 쉽지 않을 테니 말이다. 무엇보다도 여기까지 왔으니 끝을 보고 싶었다. 이번 기회에 끝을 보면 앞으로 다른 일을 할 때도 끝까지 몰아붙일 용기를 얻을 수 있을 것 같았다. 나는 쑥스럽게 말을 꺼냈다.

"그래도…… 앞으로 두고두고 술자리에서 쓸만한 이야깃거리 정도는 남지 않을까요?"

우희철이 소름 끼친다는 듯 팔뚝을 문질렀다.

"와! 오글거려 더 못 들어주겠네! 아주 그냥 낭만이 넘쳐나세요!"

나는 대놓고 비아냥거리는 우희철에게 발끈했다.

"솔직히 대리님도 여기까지 오는 내내 자전거로 국토 종주를 했다고 자랑 많이 하셨잖습니까! 경험자 말을 들으라면서. 실제로는 이화령만 넘은 게 전부인데."

우희철은 멋쩍은 얼굴로 내 눈을 피하며 휴대전화를 들여다봤다.

"지도 보니까 이 길을 따라 남쪽으로 조금만 내려가면 현풍공영버스정류장이 나오네. 일단 거기까지 가면서 다시 생각해봐. 너는 왜 갑자기 여기에 진심을 보이냐? 어이가 없네."

자전거길을 따라 15분가량 달리니 현풍 읍내가 나왔다. 우희철은 버스정류장과 가까운 곳에 곰탕집 노포가 있으니 그곳에서 점심을 먹자고 제안했다. 막연하게 할머니 한 분이 혼자 장사를 하는 작은 가게이리라고 짐작했는데, 가게 규모가 상당했다. 화강암 벽돌로 지은 3층 건물 전체가 곰탕집으로 쓰이고 있었고, 주차장에는 이미 차가 가득했다. 입구에는 무려 1950년부터 영업을 시작했다는 현판이 자랑스럽게 붙어 있었다. 맛을 기대하지 않을 수 없었다.

곰탕, 양곰탕, 살코기곰탕, 족탕, 꼬리곰탕…… 가게에서 파는 메뉴가 다양했다. 나와 우희철은 메뉴판 가장 위에 있는 곰탕을 주문했다. 주문과 동시에 깍두기, 부추무침, 무말랭이, 물김치 등 여러 밑반찬이 빠르게 테이블에 깔렸다. 맛을 보니 간이 센 편이었다. 잠시 후 곰탕도 나왔다. 다른 곰탕과 비교해 맑은 국물이 인상적이었다. 숟가락으로 국물을 휘저으니 가라앉아 있던 살코기와 여러 내장 부위가 떠올랐다. 국물을 한 모금 떠먹어봤다. 잡내가 전혀 없고 참기름처럼 고소한 향과 감칠맛이 일품이었다. 맛이 슴슴해 간이 센 밑반찬과 잘 어울렸다. 특히 깍두기의 아삭아삭한 식감이 더해진 그 새콤달콤한 맛과 궁합이 환상적이었다. 무짠지와의 궁합도 훌륭했다. 절로 감탄사가 터져 나왔다.

"대리님, 이 집 진짜 맛있는데요? 최근 들른 모든 식당 중에서 베스트입니다."

"아까 인터넷으로 알아보니까 이 동네가 곰탕으로 유명하다더라. 그중에서도 이 집이 가장 오래된 맛집이래. 지금 주인이 삼대째이고. 옛날에 박정희 대통령도 고속도로 개통식에 참석했다가 들른 집이라던데? 이왕 근처에 왔으니 한번 먹어봐야지."

나는 밥을 먹다가 무심코 문희주의 인스타그램 계정을 확인해봤다. 합천창녕보 인증센터를 촬영한 사진이 올라와 있었다. '#내일이면부산'이라는 해시태그와 함께. 사진을 올린 시각은 20분 전이었다.

"과장님이 인스타에 또 사진을 올리셨는데요?"

사진을 확인한 우희철이 기가 막힌다는 반응을 보였다.

"이건 너무한 거 아니냐고, 씨파! 이 양반이 진짜 우리를 호구로 아네?"

'#내일이면부산'. 문희주가 올린 사진에 달린 해시태그를 보니 마음이 설렜다. 며칠 동안 두 바퀴로 산 넘고 물 건너 여기까지 왔다는 게 실감이 나지 않았다.

"대리님은 돌아가실 건가요?"

"너는 진짜 부산까지 가려고?"

나는 가볍게 고개를 끄덕였다. 우희철은 자기 가방에 있던 초코바와 천하장사 소시지를 꺼내 내게 건넸다.

"이것 말고는 딱히 줄 만한 게 없네. 여긴 내가 살게."

곰탕집에서 나와 페달을 몇 번 밟으니 현풍공영버스정류장에 도착했다. 크지 않은 휴게실 안에서 몇 안 되는 사람이 버스를 기다리고 있었다. 우희철이 내게 악수를 청했다.

"부산까지 잘 다녀오시고. 나중에 회사에서 얼굴 봅시다."

말도 안 되는 이유로 시작한 말도 안 되는 여행이었지만, 우희철이 아니었다면 여기까지 올 수 있었을까. 그런 생각이 드니 우희철이 고맙게 느껴졌다. 나는 우희철의 손을 맞잡으며 밝게 웃었다.

"덕분에 여기까지 잘 왔습니다. 감사합니다."

우희철이 내 손을 놓으며 장난스럽게 물었다.

"이봐. 지금도 늦지 않았어. 정말 갈 거야?"

나는 다시 자전거에 오르며 우희철에게 외쳤다.

"여기까지 왔는데 뭘 어쩌겠어요!"

며칠 동안 몸은 힘들어도 마음은 편했다. 우희철이 결정한 대로, 이재유가 결정한 대로, 임정연이 결정한 대로 따르면 그만이었으니까. 늘 그렇게 살아왔다. 무엇을 원하는지도 모르는 채 남들이 하는 대로, 주변에서 원하는 대로. 그런데 지금 여기에는 내 결정을 대신 책임져줄 사람이 없었다. 나는 그 사실을 잠시 잊고 낙동강하굿둑까지 가겠다고 결정했음을 깨달았다. 이제 그 결정에 책임져야 하는 순간이었다. 눈앞이 아찔해졌다.

버스정류장에서 나오자마자 자전거길임을 알리는 파란색 실선이 보였다. 갓길에 자전거를 세우고 다음 인증센터가 있는 합천창녕보까지의 거리를 지도앱으로 확인해보니 28km였다. 며칠 동안 장거리 라이딩을 하다 보니 숙소 위치를 정하고 움직이는 게 가장 중요하다는 걸 몸으로 깨달았다. 숙소가 나오는 곳은 합천창녕보에서

11km 더 가야 하는 적포교, 창녕함안보에 도착하기 9km 전에 나오는 남지읍, 이렇게 두 곳이었다.

지도앱과 인증수첩을 번갈아 살피며 바쁘게 머리를 굴렸다. 적포교 인근으로 숙소를 잡기에는 시간이 너무 일렀고, 남지읍까지 가려면 야간 라이딩을 피할 수가 없었다. 최종 목적지인 낙동강하굿둑을 기준으로 숙소의 거리를 살펴봤다. 적포교와 낙동강하굿둑 사이의 거리는 130km였고, 남지읍과 낙동강하굿둑 사이의 거리는 90km였다. 남지읍에 숙소를 잡아 낙동강하굿둑까지 남은 거리를 줄여서 여유 있게 여행을 마무리하는 쪽이 낫겠다는 결론을 내렸다.

웹서핑으로 알아보니 오늘 목적지로 정한 남지읍까지 가는 길은 이화령을 넘는 여정만큼이나 험난했다. 심지어 이화령보다 더 어려운 구간이라는 후기도 적지 않았다. 하지만 자전거길 대신 우회도로를 타면 난코스를 피하는 동시에 라이딩 시간도 줄일 수 있었다. 우회도로는 현풍 읍내에서 자전거길을 따라 7km 달려가면 나오는 고갯길인 다람재를 피하는 도로, 다람재에서 18km 달려가면 나오는 무심사고개를 피하는 도로, 남지읍으로 이어지는 영아지고개 아래를 관통하는 터널까지 세 곳이었다.

다람재는 해발 158m, 무심사고개는 195m, 영아지고개는 174m로 만만치 않은 높이였다. 이뿐만이 아니었다.

영아지고개에 닿기 전에 해발 198m인 박진고개를 넘어야 하는데 여긴 우회도로 타기가 복잡했다. 지난 며칠간의 경험에 비추어 보니, 자전거를 끌고 가야 하는 구간이 타고 가는 구간만큼 많을 듯싶었다. 이화령보다 더 어려운 구간이라는 후기가 결코 엄살이 아님을 짐작할 수 있었다. 이런 구간을 홀로 가야 한다고 생각하니 막막했다.

며칠 동안 라이딩에 적응해 엉덩이와 손바닥 통증은 줄어들었지만 체력도 함께 줄어든 터였다. 우회도로를 타야 떨어진 체력을 조금이나마 보전하고 낙동강하굿둑까지 갈 수 있을 것 같았다. 하지만 자전거로 국토종주를 다시 할 날이 없을지도 모르는데 조금 더 편하다고 우회도로를 선택하면 언젠가 후회할 날이 올 것 같았다. 지금까지 내가 쉽게 포기하고 후회했던 많은 순간처럼. 이번에는 그런 후회를 남기고 싶지 않았다.

터널로 이어지는 잘 닦인 우회도로 옆으로, 산을 닮은 고갯길로 이어지는 자전거길이 보였다. '우회'라는 단어는 희한하게 자존심을 건드리는 무언가가 있었다. 누가 뭐라 하지 않는데도 쉬운 길을 두고 어려운 길을 선택하게 하는. 처음에는 경사가 급해 자전거를 끌고 올라가며 괜한 선택을 한 게 아닌가 후회했지만 의외로 포기하고 싶을 만큼 힘들진 않았다. 지난 며칠 동안 자전거에 적응한 몸 곳곳의 근육이 균형을 이루며 내가 무너지지 않도록 버텨주고 있는 것 같다는 기분이 들었다. 그래서 정상에서 내려다본 풍경이 더 아름답게 느껴졌다. 아직 푸르름을 잃지 않은 나무 사이로 보이는 낙동강의 푸른 물결, 유유히 흐르는 강을 곁에 둔 오래된 서원의 고즈넉함. 사진 촬영 욕구를 억누를 수 없는 아름다운 풍경이었다.

다람재를 내려와 서원을 지나쳐 공도와 자전거길을 반복해 한참을 달리다 보니 두 번째 난관인 무심사고개 아래에 닿았다. 우회도로를 설명하는 안내판의 크기가 상당해서 다람재보다 어려운 코스임을 짐작할 수 있었다. 그런데 마침 우회도로가 공사중이어서 원하든 원치 않든 자전거길을 따라 무심사無心寺를 가로질러 갈 수밖에 없는 상황이었다. 무심사고개는 다람재와 비교하기 어려운 극악한 코스였다. 매협재처럼 이게 과연 자전거길인가 싶을 정도로 심각한 급경사와 탄금대로 가다가 만난 비포장도로를 합치면 이런 길이 만들어질 듯싶었다.

무심사에서 은은하게 들려오는 염불 소리가 마치 손오공을 괴롭히는 삼장법사의 염불 소리처럼 들렸다. 온몸이 땀에 흠뻑 젖었다. 다람재와 달리 무심사고개는 내려와서도 고행길이었다. 여기저기 설치된 축사에서 풍기는 지독한 소똥 냄새가 머리를 아프게 했고, 공도와 겹치는 자전거길에선 화물차들이 레이스라도 벌이는 듯 과속하며 위협했다. 합천창녕보에 도착했을 땐 그야말로 몸과 마음이

너덜너덜해진 상태였다.

　점심으로 먹은 곰탕이 소화돼 출출했는데 다행히 합천 창녕보에 편의점이 영업 중이었다. 해가 빠르게 서쪽으로 기울고 있었다. 나는 인증센터에 들러 수첩에 도장을 찍은 뒤 편의점에서 물과 김밥 등 간단한 먹거리를 샀다. 배를 채우며 지도앱을 살펴보니 합천창녕보에서 남지읍까지 거리는 40km, 적포교까지 거리는 11km였다. 적포교에서 하룻밤을 묵고 싶은 마음이 굴뚝 같았지만 그랬다가는 내일 일정이 몹시 피곤해질 게 뻔했다. 남지읍까지 갈 생각을 하니 야간 라이딩으로 넘어야 할 박진고개와 영아지고개가 부담스러웠다. 고민 끝에 남지읍으로 가되 우회도로로 영아지고개를 피해서 가기로 계획을 수정했다. 무심사고개를 넘으며 개고생을 해보니 자존심을 포기하기가 쉬웠다.

　야간 라이딩 시간을 줄이려고 바쁘게 페달을 밟은 지 한 시간 반쯤 지났을 무렵, 의령군 진입을 알리는 표지판이 나타나더니 예사롭지 않은 오르막길이 나를 가로막았다. 해가 거의 저물어 길 위에 어둠이 깔리고 있었다. 나는 자전거에서 내려와 오르막길을 올려다봤다. 안내가 없어도 그곳이 라이더들 사이에서 악명 높은 박진고개임을 직감할 수 있었다. 나는 LED 라이트를 켠 뒤 자전거를 끌고 천천히 오르막길을 오르기 시작했다.

존나 이기적인 고개, 적당히 해, 살려줘……. 헤드라이트에 비친 옹벽에는 먼저 이 길을 지나간 라이더들의 한 맺힌 낙서가 곳곳에 새겨져 있었다. 무심사고개와 달리 평지도 없이 계속 오르막길이 이어졌다. 마땅히 앉아 쉴 곳도 없어서 이화령을 오를 때보다 힘에 부쳤다. 주변에 인공 불빛이 없어서 밤하늘의 무수한 별을 볼 수 있었지만 아름다움을 느끼기에는 주위가 고요하다 못해 음산했다. 라이더는커녕 오가는 차량조차 없어 음산함을 더했다. 가로등도 없어 앞이 보이지 않으니 언제 오르막길이 끝나는지 알 수 없어 답답했다.

고요함을 뚫고 어디선가 날카로운 비명이 들려 자전거를 멈추게 했다. 온몸에서 소름이 쫙 돋고 등에서 식은땀이 흘렀다. 비명의 정체가 고라니 울음소리라는 걸 몰랐다면 그 자리에서 기절했을지도 모를 만큼 끔찍한 소리였다. 여럿이 함께 들어도 소름 돋는 소리를 혼자 어두운 길 위에서 들으니 공포가 배가 됐다. 귀가 예민해져 새가 날개를 퍼덕이는 소리는 물론 낙엽 구르는 소리까지 크게 들렸다. 시간을 되돌릴 수 있다면 오전으로 돌아가 낙동강하굿둑까지 가겠다고 결심했던 나를 한 대 쥐어패고 싶었다.

겨우 어둠을 뚫고 박진고개를 내려와 강을 건넌 뒤 자전거길을 따라 부지런히 페달을 밟자 작은 마을이 나타났다. 오늘의 마지막 난관인 영아지고개가 있는 영아지 마을이었다. 고갯길을 피하려고 우회도로를 찾았는데, 난감한 상황이 펼쳐졌다. 우회도로는 산허리를 뚫고 만들어진 긴 터널이었는데 오가는 차량이 꽤 많은 데다 대부분 빠르게 속도를 내고 있었다. 갓길이 자전거를 타고 가기에는 좁아서 자칫하면 터널 안에서 큰 사고를 당할 것 같았다. 목숨의 위협을 받으며 빠르게 이동하느냐, 힘들지만 위험하지 않은 길로 가느냐를 고민한 끝에 후자를 선택했다. 목숨보다 소중한 건 없으니 합리적인 선택이었지만, 이 선택이 얼마나 큰 후폭풍을 불러올지 그땐 알지 못했다.

우회도로를 포기하고 마을로 들어온 나는 고갯길을 보고 쓰러질 뻔했다. 과장을 보태면 절벽을 방불케 하는 미친 각도의 오르막길이 초입부터 나를 가로막았다. 게다가 길은 산속으로 이어지고 있었다. 나는 조금 전 박진고개에서 느꼈던 공포를 되새기며 몸을 떨었다. 하지만 이 고갯길만 넘으면 오늘의 목적지인 남지읍이 코앞이었다. 나는 마지막으로 딱 한 번만 더 고생하면 내일 편안한 길만 펼쳐진다고 자기 최면을 걸며 어둠 속으로 자전거를 끌고 들어갔다.

매협재보다 경사가 더 가파른 오르막을 또 마주치진

않을 거라고 생각했는데 오산이었다. 자전거를 옆구리에 매달고 등산하는 기분이었다. 낙동강이라는 좋은 곳을 두고 도대체 왜 여기에 이런 말도 안 되는 길을 자전거길이라고 만들었는지 이해할 수가 없었다. 온몸에서 샤워라도 한 듯 땀이 쏟아졌다.

오르막길은 다행히 초입에 짧게 끝났지만 이후 무심사 고개에서 경험했던 비포장 임도가 한참 동안 계속됐다. 낙타 등을 닮은 오르막길과 내리막길이 수시로 반복되는 건 덤이었다. 이 모든 구간을 자전거에 부착한 LED 헤드라이트 불빛 하나에 의존해 통과해야 했다. 이쯤 되니 위험해도 우회도로를 타는 게 낫지 않았을까 하는 후회가 들었다. 박진고개처럼 고라니 울음소리가 들리지 않는 게 그나마 다행이라면 다행이었다.

끝이 없어 보이던 고갯길에도 끝은 있었다. 고개를 내려오니 저 멀리 환한 불빛이 보였다. 오늘의 목적지인 남지읍에서 비치는 불빛이란 걸 바로 알 수 있었다. 낮에 세웠던 계획대로라면 저녁 8시쯤 남지읍에 도착해야 했는데, 시간을 확인해보니 그보다 한참 지난 밤 10시였다. 모든 난관을 뚫고 늦게라도 목적지에 다다랐음에 안도하는 것도 잠시, 약 20m 앞, 경운기 한 대 정도나 겨우 지나갈 만한 농로 가운데에 무언가가 서 있는 모습이 보였다. 나는 자전거에서 내려 헤드라이트로 농로를 비춰봤다. 정체를 확인한 순간 나는 다리에 힘이 풀려 주저앉을 뻔했다. 그것은 멧돼지였다.

　나는 도심에 멧돼지가 출몰했다는 뉴스를 접할 때마다 비웃곤 했다. 곰이나 호랑이라면 몰라도 멧돼지가 뉴스로 다룰 만한 가치가 있는 맹수인지, 아니 맹수라고 불러도 되는 동물인지부터 의문이었다. 농사지은 밭을 파헤쳐 경제적인 피해를 주긴 해도 딱히 사람을 해쳤다는 뉴스를 본 기억이 없었다. 심지어 언젠가 동물 예능 프로그램에서 본, 사람을 따르는 멧돼지는 골든리트리버 같은 대형 견처럼 귀여워 보이기까지 했다.

　그런데 내 눈앞에 있는 멧돼지는 방송으로 본 멧돼지와 달랐다. 경차를 방불케 하는 거대한 덩치, 온몸을 가득 덮은 뻣뻣한 털, 길고 뾰족한 코, 입의 양옆으로 삐져나와 반짝이는 이빨, 무슨 생각을 하고 있는지 알 수 없는 눈. 일대일로 붙어서 도저히 이길 수 없는 피지컬이었다. 인류가 겪는 재해 중 가장 무서운 재해는 자연재해다. 자연재해의 공포는 예측하기가 어렵다는 점에서 온다. 저 멧돼지는 어떤 행동을 보일지 예측하기 어렵다는 점에서 내게 자연재해나 마찬가지였다.

　주위를 살펴보니 가까운 곳에 단 하나의 민가도 보이지 않았다. 멧돼지가 서 있는 농로 외엔 나아갈 길이 없었고, 퇴로는 조금 전에 내려온 고갯길뿐이었다. 뒤돌아

다섯째 날

고갯길로 도망쳐봤자 멧돼지가 쫓아오면 바로 따라잡힐 게 뻔했다. 지금까지 살아오면서 이 순간보다 구체적으로 목숨의 위협을 느낀 적이 없었다. 우희철을 따라 돌아갔더라면 여기서 멧돼지를 만나는 일은 없었을 것이다. 아니, 우회도로를 선택해 다람재를 피했더라면 이 시간에 여기서 멧돼지를 만나는 일은 없었을 것이다. 아니, 적포교에 일찍 숙소를 잡았더라면 이 시간에 여기서 멧돼지를 만나는 일은 없었을 것이다. 아니, 위험해도 우회도로를 선택해 영아지고개를 피했더라면 이 시간에 여기서 멧돼지를 만나는 일은 없었을 것이다. 터널에서 차에 치여 죽는 게 농로에서 멧돼지한테 물려 죽는 것보다 모양새가 낫지 않을까. 오늘 하루 여러 중요한 선택의 종합적인 결과가 멧돼지와의 일대일 만남이라니. 억울해서 미치고 팔딱 뛸 노릇이었다.

언젠가 한 친구가 술자리에서 번지점프를 하다가 지난 인생이 머릿속에 주마등처럼 스쳐 지나가는 경험을 했다고 말했었다. 사람의 뇌는 죽음의 위기에 직면하면 어떻게든 생존할 방법을 찾으려고 빠른 속도로 과거를 뒤지는데, 그 과정이 머릿속에 펼쳐지는 게 주마등이라는 설명과 함께. 솔직히 그땐 친구의 말이 믿기지 않았는데 멧돼지 앞에서 그 말이 사실임을 깨달았다. 지금 내 머릿속에 영화 〈마이너리티 리포트〉의 한 장면처럼 수많은 정보가 깜빡이며 스쳐 지나가고 있었으니 말이다. 나는 그중 몇 개를 재빨리 붙잡았다.

첫 번째 정보는 "멧돼지와 마주치면 조용히 뒷걸음질 해 안전한 장소로 피해야 한다"는 주의사항이었다. 하지만 내 뒤에는 안전한 장소가 없었다. 두 번째 정보는 "야생동물이 사자보다 사람을 훨씬 더 두려워해 말하는 소리만 들어도 줄행랑을 친다"는 실험 결과를 소개한 뉴스였다. 멧돼지에게 소리를 지르려는데 "가까이 다가가거나 주의를 끄는 행동을 피해야 한다"는 세 번째 정보가 입을 막았다. 나는 마지막 정보인 "가장 가까운 은폐물에 몸을 숨긴 뒤 조용히 지켜본다"를 믿어보기로 했다. 지금 내게서 가장 가까운 은폐물은 자전거였다. 나는 자전거를 내 앞으로 천천히 끌어당겨 벽처럼 세운 뒤 멧돼지를 조용히 지켜봤다.

멧돼지는 처음 마주쳤을 때처럼 조용히 나를 바라보기만 할 뿐 움직이지 않았다. 나 역시 자전거 뒤에 서서 미동도 하지 않고 멧돼지를 주시했다. 휴대전화로 119에 신고를 해볼까도 생각했지만 내 작은 움직임과 목소리가 멧돼지를 자극할까 봐 감히 시도할 수가 없었다. 뱀과 고라니도 모자라 멧돼지까지 마주치다니. 대한민국이 이렇게 자연 친화적인 나라였다는 말인가. 이 상황이 두려우면서도 한편으로는 어이가 없었다.

뜬금없이 얼마 전에 유튜브로 본 다큐멘터리 영상이 떠올랐다. 아프리카 마사이족의 삶을 다룬 영상이었는데, 가장 인상적인 부분은 성인식이었다. 마사이족 젊은 남성은 창 하나만 들고 초원으로 들어가 사자를 사냥하는 데 성공해야 성인으로 인정받는다고 한다. 불현듯 험한 고갯길을 여러 차례 넘은 끝에 자전거를 앞세우고 홀로 멧돼지와 대치 중인 지금의 상황도 마사이족 성인식과 비슷하다는 황당한 생각이 들었다. 나는 여기서 뒤늦게 홀로 성인식을 치르는 것인가. 이젠 물러설 곳도 없고 물러설 수도 없었다. 자전거 핸들을 쥔 손에 힘이 들어갔다.

얼마쯤 시간이 흘렀을까. 멧돼지가 먼저 움직임을 보였다. 나는 바짝 긴장한 채로 멧돼지의 움직임에 집중했다. 다행히 멧돼지는 내게로 다가오지 않고 농로 옆에 펼쳐진 논으로 뛰어들더니 이내 모습을 감췄다. 하지만 멧돼지가 다시 농로 위로 뛰어 올라와 나를 덮칠지 모른다는 우려 때문에 긴장을 늦출 수가 없었다. 나는 고개만 좌우로 돌리며 주변을 살폈다. 어둠에 적응한 눈은 희미한 달빛에 비친 주변 사물과 풍경의 윤곽을 분간했다. 움직이는 건 추수를 앞둔 논밭 위 바람에 흔들리는 벼뿐이었다. 나는 재빨리 자전거에 오른 뒤 남은 힘을 모두 짜내 페달을 밟으며 저 멀리 불빛이 비치는 방향으로 핸들을 돌렸다.

10분가량 페달을 밟으니 남지읍내에 닿았다. 나는 영업 중임을 알리는 모텔들의 건물 외부 조명과 불 켜진 식당 간판들을 보고서야 안도했다. 긴장이 풀린 다리가 페달을 헛디디는 바람에 균형을 잃고 자전거와 함께 길에 쓰러지고 말았다. 일어날 힘이 없어 바로 누운 채 하늘을 바라봤다. 딱딱한 포장도로가 매트리스처럼 편안하게 느껴졌다. 이대로 눈을 감으면 바로 깊은 잠에 빠져들 수 있을 것 같았다.

별똥별 하나가 휘파람 소리를 내며 빠른 속도로 하늘을 가로질러 사라졌다. 잠시 후 다른 방향에서 날아온 별똥별이 더 높은 휘파람 소리를 내며 빛을 발하다가 사라졌다. 별똥별을 직접 보는 것도, 별똥별이 떨어질 때 내는 소리를 듣는 것도 처음이었다.

"살아 있다는 건, 그 자체만으로도 참 좋은 거구나……."

두 눈에 눈물이 차오르더니 양쪽 관자놀이를 타고 바닥으로 흘러내렸다. 하늘 곳곳에서 휘파람 소리가 들려왔다. 나는 어린아이처럼 엉엉 소리 내 울었다.

다섯째 날

마지막 날

며칠 동안 누적된 피로가 한계에 다다랐는지 온몸의 근육과 관절이 일제히 앓는 소리를 냈다. 어젯밤 샤워할 때 손빨래해 창가에 걸어놓은 옷은 밤새 제대로 마르지 않아 퀴퀴한 냄새를 풍겼다. 부산에 도착하면 대형마트에 들러 막 입어도 되는 옷을 사야겠다고 다짐하며 새 속옷의 포장을 뜯었다. 지도앱을 열어 남지읍에서 낙동강하굿둑까지 이어지는 자전거길을 살폈다. 지옥 같았던 어제보다 평이하고 짧아서 여유롭게 움직여도 해가 지기 전에 충분히 여정을 마무리할 수 있을 것 같았다.

문희주의 인스타그램 계정을 확인해보니 새로운 사진이 두 장 올라와 있었다. 한 장은 어젯밤에 올린 프라이드치킨과 생맥주 사진, 다른 한 장은 오늘 아침에 올린 창녕함안보 인증센터 사진이었다. 첫 번째 사진에는 적포교라는 위치 정보가, 두 번째 사진에는 '#낙동강하굿둑에서만나자'라는 해시태그가 달려 있었다. 그 해시태그가 왠지 내게 전하는 메시지처럼 느껴졌다. 나는 잠시 망설이다가 사진에 댓글을 달았다.

— 저 박상익입니다. 어제 남지읍에서 하룻밤 묵고, 지금 낙동강하굿둑으로 출발합니다.

　낙동강하굿둑은 남지읍에서 자전거를 타고 다섯 시간 정도 달리면 닿는 곳에 있었다. 지금 시간이 오전 10시이니 여유롭게 페달을 밟아도 오후 4시 전에는 도착할 수 있겠다는 계산이 섰다. 다만 부산에 진입하기 전까지는 식사할 곳이 마땅치 않았다. 지도앱으로 모텔 주변 식당을 알아보니 가까운 곳에 밀면집이 있었다. 낯선 음식이지만 경상도에서 많이 먹는다는 말을 들어서 궁금하던 터였다. 그곳에서 아침 겸 점심을 든든히 먹고 부산에 도착해 이른 저녁을 먹기로 했다.

　밀면집은 이제 막 영업을 시작해 한산했다. 별다른 정보 없이 찾은 식당인데 내부가 훤히 들여다보이는 주방이 신뢰감을 줬다. 나는 메뉴판 맨 위에 보이는 물밀면을 주문했다. 주전자에 담긴 온육수가 밑반찬과 함께 먼저 나왔다. 혀를 맴도는 감칠맛이 훌륭한 육수였다. 뜨끈한 게 들어가자 허기가 돌았다. 이제야 비로소 몸이 깨어나는 기분이 들었다. 배가 고프다는 것은 살아 있다는 증거가 아닐까 하는 생각을 했다.

온육수 한 잔을 다 비울 때쯤 밀면이 테이블 위에 올랐다. 살얼음이 뜬 짙은 육수 안에 면이 담겨 있고 그 위에 오이와 삶은 달걀을 고명으로 올린, 특별할 것 없어 보이는 음식이었다. 육수를 한 모금 마셔보니 평양냉면처럼 간이 슴슴하면서도 옥천냉면처럼 달다는 느낌을 줬다. 이 집은 특이하게도 돼지불고기를 맛보기로 한 접시 내줬다. 고기로 면을 감싸 먹고 육수를 들이켜니 그제야 평범해 보이던 밀면이 맛의 진가를 드러냈다. 무엇보다 고기에 밴 불향이 일품이었다. 메뉴판에 왜 '고기 추가'라는 의문의 메뉴가 따로 있는지 몸으로 이해할 수 있었다. 나는 접시에 담긴 고기를 단숨에 비우고 "고기 추가!"를 외쳤다.

식사를 마칠 때쯤 휴대전화에서 카카오톡 알림 소리가 들렸다. 우희철이 보낸 메시지였다.

— 무사히 잘 달리고 계신가?

나는 추노 대열의 선두에 서서 온갖 허세를 다 부리던 우희철의 모습을 떠올리며 피식 웃었다.

— 덕분에요. 오늘 안으로 별일 없이 낙동강하굿둑에 도착할 것 같습니다.

우희철의 심술은 여전했다.

— 지금이라도 힘들면 돌아와. 포기하면 편해. 거기까지 간다고 뭐가 남아.

내가 만난 멧돼지 이야기 앞에서 우희철이 과연 허세를 부릴 수 있을지 궁금했다.

— 여기까지 왔는데 뭘 어쩌겠어요. 돌아가면 한잔 사주세요. 해드릴 이야기가 아주 많습니다.

밀면집에서 나와 천천히 30분쯤 페달을 밟으니 창녕함안보 인증센터에 닿았다. 인증센터에서 수첩에 도장을 찍은 후 문희주의 인스타그램 계정을 확인해봤다. 문희주는 내 댓글에 아무런 반응을 하지 않았다. '#낙동강하굿둑에서만나자'. 사진에 달린 해시태그가 아무리 봐도 예사롭지 않았다. 나는 댓글 아래에 또 댓글을 달았다.

— 저는 지금 창녕함안보에 있습니다.

이제 인증수첩 낙동강자전거길 페이지에 남은 도장을 찍을 곳은 양산 물문화관과 낙동강하굿둑 두 곳뿐이었다. 창녕함안보 도로를 따라 설치된 난간에 양산 물문화관 방향을 알리는 현수막이 걸려 있었다. 현수막에 적힌 '부산'이라는 단어를 보며 길었던 여정의 끝이 다가오고 있음을 실감했다. 보를 따라 강을 건너 자전거길에 들어서니 낙동강하굿둑이 85km 남았음을 알리는 표지판이 보

마지막 날

였다. 허벅지 근육에 다시 힘이 들어갔다.

　자전거길을 어제보다 만만하게 본 대가는 혹독했다. 합천창녕보에서 창녕함안보로 이어지는 코스는 고갯길을 네 번이나 넘어야 해서 힘들었던 반면, 창녕함안보에서 양산 물문화관으로 이어지는 코스는 극도의 지루함으로 나를 괴롭혔다. 각 인증센터 사이의 거리는 짧으면 20km, 길어도 40km를 넘지 않는 편이다. 페달을 밟다가 지쳐도 다음 인증센터가 가까이에 있음을 알리는 표지판을 보면 없던 힘이 나곤 했다. 그런데 창녕함안보와 양산 물문화관 사이의 거리는 무려 55km에 달했다. 도대체 언제 끝날지 알 수 없는 길이 계속 이어지니 마음이 지치기 시작했고, 마음이 지치니 몸도 지쳐갔다. 그런 와중에 강 건너 길이 뻔히 보이는데도 10km 가까이 돌아가야 하는 구간과 산복도로까지 복병처럼 막아서니 입에서 쌍욕이 절로 튀어나왔다.

　에베레스트산에도 꼭대기가 있듯이, 이 지루하기 짝이 없는 길도 끝을 보여주기 시작했다. 밀양 삼랑진읍을 지나가는 코스에 들어서자 다양한 색깔의 바람개비가 환영하듯 나를 맞아줬다. 어린 시절 가지고 놀았던 장난감을 오랜 세월이 지난 후 자전거길에서 다시 보니 반갑고 힘이 났다. 자전거길을 오가는 라이더도 눈에 띄게 늘어나 홀로 외로운 여행을 하고 있다는 기분이 들지 않게 했다.

푸른 대나무숲, 강을 따라 조성된 나무 덱, 자전거와 나란히 경부선을 따라 달리는 무궁화호 열차, 햇살을 받아 반짝이며 바람에 흔들리는 억새. 다채로워진 풍경을 감상하며 페달을 밟다 보니 양산 물문화관이 가까워졌다는 표지판이 눈에 들어왔다. 페달을 밟는 속도가 빨라졌다.

양산 물문화관 인증센터에 도착해서 낙동강을 내려다보니 곧 바다를 만난다는 게 실감이 났다. 남쪽으로 자전거길을 따라 내려오는 동안 낙동강이 점점 폭을 넓히는 게 보였다. 강과 바다가 만날 시간이 가까워졌다는 신호였다. 인증센터에서 수첩을 펼쳐 도장을 찍었다. 이제 수첩에서 남은 곳은 낙동강하굿둑뿐이었다. 나는 문희주의 인스타그램 계정에 남긴 댓글을 확인해봤다. 문희주는 여전히 내 댓글에 반응하지 않았다. 나는 댓글 아래에 또 댓글을 달았다.

— 저는 지금 양산 물문화관에 도착했습니다.

양산 물문화관에서 벗어나자 가장 먼저 눈에 띈 것은 거대한 수변공원이었다. 공원 곳곳에서 많은 사람이 텐트를 세우고 캠핑을 즐기고 있었다. 우희철, 이재유, 임정연…… 자전거길에서 함께했던 이들이 갑자기 그리웠다. 그리고 궁금했다. 문희주는 도대체 왜 이런 일을 벌인 것일까. 도대체 어디에 있는 걸까. 문희주가 아니었다면 시작조차 하지 않았을 여정이다. 나는 낙동강하굿둑에서 그

해답을 찾을 수 있기를 바라며 페달을 밟았다.

낙동강자전거길 부산 구간은 지금까지 지나온 구간과는 다른 이유로 속도를 내기 어려웠다. 차선을 무시한 채 역주행하는 라이더들, 보행자 도로를 두고 굳이 자전거 도로를 걷는 사람들, 목줄이 풀린 채 자전거 도로와 보행자 도로를 마구잡이로 뛰어다니는 개들. 무질서와 자유로움이 공존하는 가운데 퍼져나가는 사람 냄새가 좋았다. 나는 속도를 내는 대신 그들 사이에 스며들어 낙동강처럼 천천히 길 위를 흘러갔다. 계획했던 도착 시각을 넘긴 지 오래였지만 상관없었다.

해가 기울자 도시는 조명을 밝히며 존재감을 드러냈다. 낙동강하굿둑이 4km 남았다는 표지가 보였다. 낙동강하굿둑이 가까워지면서 보행자와 라이더의 수가 눈에 띄게 줄어들었다. 저 멀리 강을 가로막은 거대한 보가 보였다. 누가 말해주지 않아도 낙동강하굿둑이란 걸 알 수 있었다. 살면서 처음으로 부산 앞바다를 보게 될 순간을 상상하자 마음이 설렜다. 나는 마른걸레를 비틀어 짜듯 허벅지 근육을 짜내 전속력으로 페달을 밟았다.

낙동강하굿둑은 갑자기 나타났다. 하굿둑 위에는 왕복 4차선 도로가 깔려 있었고, 내 시선은 도로 너머에 있는 바다까지 닿지 않았다. 인증센터는 하굿둑 위에 조성된 자전거길을 1km 더 달린 뒤에야 나왔다. 그렇게 도착한 인증센터 옆에는 '4대강 국토종주 낙동강자전거길 기점'이라고 새겨진 기념비 하나만 달랑 서 있었다. 나는 인증센터에서 수첩을 펼치고 마지막 남은 곳에 도장을 찍었다. 엄청난 감동의 폭풍이 몰아칠 줄 알았는데 의외로 덤덤했다. 마치 뒤늦게 찾아간 '선골마을'에서 느꼈던 감정처럼. 갈증과 허기, 근육통과 관절통, 피로와 졸음, 잠시 잊었던 몸의 감각이 한꺼번에 되살아나 기념비 앞에 주저앉고 말았다. 숙소를 찾아보려고 휴대전화를 꺼냈는데 내가 문희주의 인스타그램에 남긴 댓글에 새로운 댓글이 달렸다는 알림이 화면 상단에 떠 있었다. 문희주가 한 시간 전에 남긴 댓글이었다.

— 다대포항으로 와서 전화해.

지도앱으로 확인해보니 다대포항은 낙동강하굿둑에서 약 10km 떨어진 곳에 있었다. 쌩쌩한 몸으로 이동하기에는 가깝지만 지친 몸으로 이동하기에는 먼 곳이었다. 다행히 다대포항은 숙소도 많고, 식당도 많고, 술집도 많은 곳이었다. 무엇보다도 문희주에게 물어보고 싶은 말이 많았다. 나는 자리를 털고 일어나 다대포항 쪽으로 자전거 핸들을 돌렸다. 다대포항까지 이어지는 자전거길은 해안을 따라 조성돼 있어 바다를 바라보며 페달을 밟는 재미가 쏠쏠했다. 노을빛으로 곱게 물든 하늘, 바닷물결과 부딪혀 은은하게 부서지는 햇살, 얼굴에 부딪히는 바람에 스민 짠내. 이제야 비로소 자전거를 타고 바다에 도착했다는 게 현실로 다가왔다.

다대포항은 작고 아담한 항구였다. 선착장에 정박한 배는 대부분 작은 어선이었고, 바람에 생선 비린내가 짙게 스며 있었다. 이름이 주는 느낌이 강렬한 데다 부산이라는 대도시에 있어서 막연하게 큰 항구일 거라고 상상했는데 반전이었다. 바닷가에 자리 잡은 소도시의 항구 같았다. 관광지보다는 주민의 일상 공간에 가까운 곳이었다. 낯선 이를 짓누르지 않는 느낌이 편안했다. 나는 자전거를 세우고 문희주에게 전화를 걸었다. 자동응답 메시지 대신 신호음이 들렸고 곧 문희주가 전화를 받았다.

"다대포항에 도착했어?"

일주일 가까이 찾아 헤매던 사람의 목소리를 들으니 반가우면서도 어색했다.

"네. 지금 막 도착했습니다."

"다대포항역 2번 출구 앞에서 만나자. 금방 나갈게."

다대포항역 2번 출구는 지금 내가 서 있는 곳에서 코앞이었다. 문희주는 나보다 더 가까운 곳에 있었는지 먼저 약속 장소로 나와 대기 중이었다. 나는 자전거를 끌고 문희주에게 다가가며 묵례를 했다. 문희주가 내 주위를 살피며 물었다.

"혼자야?"

나는 영화 〈범죄도시〉에서 마동석이 남긴 명대사로 문희주의 말을 받아쳤다.

"네. 아직 싱글입니다."

내 대답을 들은 문희주가 파안대소했다.

"이 자식 아주 웃기는 놈이네? 배고프지? 한잔하자. 물회에 소주 어때?"

"물회요?"

"회 못 먹어?"

"좋아합니다."

문희주는 바닷가 방향을 가리키며 발걸음을 옮겼다.

"잘하는 집이 있어. 지금 네 몸 상태로 물회를 먹으면 맛이 기가 막힐 거야. 나도 그랬으니까. 따라와."

문희주가 나를 데리고 간 곳은 허름한 횟집이었다. 장사가 꽤 잘되는 곳인지 테이블이 만석을 앞두고 있었다. 문희주는 홀 구석의 빈 테이블에 자리를 잡고 물회 대자와 부산 지역 소주인 대선을 주문했다. 소주가 가장 먼저 나왔고 뒤이어 오징어젓갈, 김치, 멸치볶음 등의 밑반찬이 테이블 위에 올라왔다. 문희주가 밑반찬을 안주 삼아 한잔 마시자며 내 빈 잔에 소주를 채웠다. 나도 문희주의 빈 잔에 소주를 따랐다. 서로의 잔이 채워지자 문희주는 건배를 청했다.

"여기까지 오느라 고생 많았다. 짠!"

두 잔이 부딪치는 소리가 청량했다. 나는 단숨에 잔을 들이켰다. 빈속에 차가운 소주 한 잔이 흘러 들어가자 온몸이 찌릿찌릿해졌다. "크으!" 하는 감탄사가 민망할 정도로 크게 터져 나왔다. 달았다. 기가 막히게 달았다. 안주 생각이 나지 않을 정도로 달았다. 지금까지 살면서 마신 모든 소주 가운데 가장 맛있는 한 잔이었다.

"오늘 좀 위험한데요? 소주가 왜 이렇게 달지?"

문희주는 오징어젓갈을 안주로 집어 먹고 싱겁게 웃었다.

"그치? 나도 국토종주 마치고 소주를 마시니까 무슨 고로쇠물을 마시는 기분이더라. 달아서 깜짝 놀랐어."

"과장님도 정말 자전거를 타고 부산까지 오신 겁니까?"

"그러니까 나도 여기에 있겠지?"

그런데 왜 어제 달성보에서 문희주를 마주치지 못했는지 이해할 수 없었다. 나는 휴대전화를 꺼내 문희주가 인스타그램 계정에 올린 달성보 편의점 테이블 사진을 보여줬다.

"과장님이 이 사진을 올리신 시간에 우희철 대리님과 저도 이 사진 속 자리에 있었거든요. 그런데 어떻게 서로 못 보고 지나칠 수가 있죠?"

문희주는 내 빈 잔에 소주를 따르며 만족스럽다는 표정을 지었다.

"못 보고 지나치는 게 당연하지."

나는 문희주의 빈 잔에 소주를 따르며 되물었다.

"왜요?"

문희주가 잔을 들어 건배를 청하며 씩 웃었다.

"내가 하루 전에 먼저 거기에 도착했으니까 당연히 나를 못 만나지. 타임머신도 없는데 무슨 수로 거기서 나를 만나냐?"

문희주가 밝힌 이유는 화가 날 정도로 허무했다. 문희주가 인스타그램 계정에 올린 사진은 모두 올리기 하루 전에 찍은 사진이었다. 결과적으로 문희주가 지나간 길을 하루 늦게 따라가며 헛심만 쓴 셈이었다. 나는 표정 관리가 되지 않아 신경질적으로 잔을 비웠다.

"도대체 왜 이런 일을 벌이신 거예요?"

문희주는 잔에 담긴 소주를 바라보며 말했다.

"처음에는 그냥 소소한 복수심으로 시작한 일이었어."

문희주는 환송 회식 이틀 후인 지난 일요일 오전, 인천 정서진에서 오랫동안 준비해왔던 자전거길 국토종주를 시작했다. 서울 천호동의 한 모텔에서 첫날 밤을 보낸 다음 날 아침, 오제일에게서 전화가 왔는데 받지 않았다. 전날 정서진에서 출발할 때 찍은 사진을 새로 가입한 인스타그램 계정에 기념 삼아 올리고 다시 길을 떠나려는데, 심준호가 문희주에게 인스타그램 DM을 보냈다.

마지막 날

"준호가 그러더라. 사장이 아침에 환송 회식 때 참여했던 직원 모두를 호출해 로또 1등 당첨 여부를 확인했다고. 현재 연락이 안 되는 내가 1등에 당첨됐다고 여기고 있다고."

문희주는 어처구니없다는 표정을 지으며 지갑에서 무언가를 꺼내 테이블 위에 올렸다. 로또 복권이었다. 나는 복권에 적힌 숫자를 확인해봤다. 25, 26, 27, 28, 29, 30. "아……." 이미 짐작했던 결과인데도 입에서 탄식이 흘러나왔다.

"과장님이 아니었군요."

"준호가 솔직히 밝히더라. 자기가 당첨됐다고. 부러운 새끼. 원래 그날 회사에 사표를 내려고 갔던 건데 사장이 하는 짓거리가 하도 어이가 없어서 나한테 귀띔해줬대. 사장이 나를 찾아서 자기 앞에 데리고 오는 직원에게 연봉 천만 원 인상을 약속했다는 말을 들으니 화가 머리끝까지 치밀어 오르더라. 돈독이 올라 나를 잡겠다고 쫓아오는 후배들에게도 화가 났고. 그 자리에서 사장을 포함해 회사 사람 전화번호를 다 차단했어."

문희주의 말을 들으니 민망해져 얼굴이 화끈거렸다.

"죄송합니다."

문희주는 쓸쓸한 미소를 지었다.

"입장 바꿔 생각해보니 나라도 그랬을 것 같아. 그 구두

쇠가 각서까지 써가며 연봉을 천만 원이나 올려준다잖아. 유급휴가까지 주면서 찾아오라는데 안 할 이유가 있어?"

주문한 물회가 나왔다. 커다란 접시 안에 이름 모를 다양한 생선회와 채소, 양념장을 푼 육수가 가득 담겨 있었다. 문희주가 젓가락으로 물회를 휘휘 저어 섞었다. 고명으로 올라왔던 김 가루와 들깻가루가 육수와 섞이며 고소한 냄새를 풍겼다. 문희주가 먼저 물회를 한 숟가락 가득 떠서 맛을 봤다. 세상에서 제일 맛있는 걸 먹기라도 한 듯 문희주의 얼굴에 행복한 표정이 떠올랐다. 나는 그 모습을 보며 침을 꿀꺽 삼켰다. 문희주는 내 빈 잔에 소주를 채우며 물회를 권했다.

"나 솔직히 회를 초장에 찍어 먹는 걸 극혐하거든? 초장 맛이 회를 다 잡아먹으니까. 당연히 물회는 회 취급도 안 했지. 근데 며칠 동안 땀을 빼고 지친 상태에서 먹는 물회는 천하제일 진미더라. 이게 이렇게 맛있는 줄 몰랐어. 너도 얼른 먹어봐."

나도 문희주처럼 물회를 한 숟가락 듬뿍 떠서 입안 가득 채웠다. 새콤한 맛과 달콤한 맛이 먼저 치고 올라오더니 씹을 때마다 쫄깃하면서도 고소한 맛이 더해졌다. 여기에 적당히 매콤한 맛이 끼어들어 느끼함을 막아주니 그야말로 깔끔한 맛의 폭풍이라고 부를 만했다. 나는 다급하게 빈 잔을 문희주 앞에 내밀었다.

마지막 날

"한잔 주시죠. 이거 진짜 죽이는데요?"

문희주는 내 잔에 소주를 따르며 킥킥 웃었다.

"그치? 내 말 맞지?"

"이 맛을 다시 제대로 느끼려면 국토종주를 한 번 더 해야겠네요."

"맞다. 준호가 나한테 자전거로 국토종주를 하는 중이냐고 물어보더라. 어떻게 알았는지 정말 신기했는데, 내가 인스타그램에 올린 정서진 사진을 보고 희철이가 추측했다며? 그 녀석, 잔머리 하나는 기가 막혀. 그런데 헛똑똑이더라고. 자기 발에 자기가 걸려 넘어지더라."

문희주는 오해를 역이용해 오제일뿐만 아니라 자기를 쫓아오는 후배들까지 골탕 먹이기로 했다. 문희주는 심준호를 통해 수시로 후배들의 위치 정보를 파악했고, 인스타그램 계정에 일부러 전날 지나쳐온 인증센터의 사진을 올려 자기가 가까운 곳에 있는 것처럼 꾸몄다. 후배들은 머리를 맞대고 빠르게 문희주의 신병을 확보할 전략을 세웠지만, 실은 모두가 문희주의 손바닥 안에 있었다. 사건의 전말을 알게 된 나는 경악했다.

"과장님, 원래 이렇게 무서운 분이셨어요?"

"제일 무서운 건 준호지. 나는 사장한테 삐쳐서 그랬다고 쳐. 걔는 로또 1등까지 먹은 행복한 놈인데도 중간에서 며칠 동안 뻔뻔하게 너희를 속인 거잖아. 생각할수록 무서운 놈이네."

문희주의 얼굴에서 햇볕에 그을린 티가 많이 났다. 문희주가 바라보는 내 얼굴도 그러할 테고, 내가 자전거길에서 겪은 모든 어려움을 문희주도 똑같이 겪었으리라고 생각하니 전우애 같은 끈끈함이 느껴졌다.

"빈말이 아니고 저, 과장님께 정말 감사해요. 과장님 아니었다면 평생 이런 경험을 한 번이라도 해봤을까 싶어요."

"솔직히 개고생이지 무슨. 나도 이 정도로 힘들 줄은 몰랐어."

"그런데 왜 여행을 시작하신 거예요?"

문희주는 대답에 뜸을 들이다가 오히려 내게 뜬금없는 질문을 던졌다.

"너는 꿈이 뭐였어?"

며칠 전 우희철과 용인공용버스터미널에서 본 병원 광고 속 초등학교 동창의 얼굴을 떠올리며 나는 쑥스럽게 말했다.

"갑자기 그런 걸 물어보시니 민망한데, 의사가 꿈이었어요. 그런데 환자를 치료하는 일보다는 의사라는 직업의 사회적 지위를 선망했죠. 지금은, 제가 무엇을 하고 싶은지 잘 모르겠어요. 이렇게 사는 건 뭔가 아닌 것 같긴 한데, 딱히 대안은 없고."

마지막 날

문희주는 멋쩍은 얼굴로 천장을 올려다봤다.

"나는 연기를 하고 싶었어."

"네? 정말요?"

문희주는 소주잔을 한입에 털어 넣으며 씁쓸하게 웃었다.

"어렸을 때 아버지가 돌아가셔서 집이 가난했거든. 돈이 거의 안 들고 장학금도 받을 수 있다고 해서 축구를 했어. 그런데 감독이 나한테는 만날 물 나르는 심부름만 시키고, 나보다 훨씬 못하는 애들을 계속 경기에 내보내는 거야. 나중에 알고 보니 감독한테 뒷돈을 찔러주지 않아서 그랬던 거야. 더럽고 치사해서 그만뒀지."

고등학교 졸업 후 문희주는 주유소 아르바이트, 택배기사, 에어컨 설치기사 등을 전전하다가 여산정공에 자리를 잡았다. 부지런히 일해 돈이라도 많이 벌고 싶었다. 이후 몇 년간 집과 회사만 오가는 무미건조한 일상을 반복하던 중, 장을 보러 들른 대형마트에서 우연히 한 공고문을 봤다. 문화센터에서 직장인 연극반을 모집한다는. 호기심이 생겨 그곳에 회원으로 가입한 문희주는 살면서 처음으로 새로운 인생을 꿈꾸게 됐다.

"연극반에서 처음 참여한 게 상황극이었어. 공중화장실에 들어갔다가 휴지가 없어 갇혀 있는 사람을 연기하는 상황극이었는데, 정말 재미있더라. 연기로 밥을 먹고 살면 정말 행복하겠다더라고. 연기 잘한다고 칭찬도 많이 받았어. 그런데 이런 비주얼로 배우를 꿈꾸는 건 솔직히 좀 아니잖아. 나보다 훨씬 잘생긴 사람도 단역을 전전하는 게 현실인데."

연극반 활동은 문희주의 어머니가 직장암 판정을 받은 이후 중단됐다. 문희주는 어머니를 모시고 병원과 회사를 오가는 삶을 몇 년간 반복했고, 피로에 지친 일상 속에서 배우라는 꿈은 점점 희미해져갔다. 그러던 어느 날, 병실에 누워 있던 어머니가 무지개를 보고 싶다고 간절하게 말했다. 병원 주변 지역은 날이 맑아 무지개가 뜨지 않았고, 그렇다고 야윌 대로 야윈 어머니를 모시고 비 온 뒤 날이 갠 지역을 수소문해 그곳으로 움직일 수도 없는 노릇이었다. 고민 끝에 아이디어를 떠올린 문희주는 어머니를 자기 차 조수석에 태우고 병원에서 가까운 대형 셀프 세차장으로 이동했다. 그리고 햇볕이 강하게 내리쬐는 자리에 차를 세운 뒤 고압 분사기로 공중에 물을 뿌렸다.

"별 기대 없이 저지른 일인데 정말 세차장에 무지개가 떴어. 갑자기 물벼락을 맞은 손님들은 소리치며 항의하고, 주인은 관리실에서 뛰쳐나오고 난리도 아니었지. 그때 어머니 표정을 봤는데, 아픈 사람 같지 않게 환하게 웃고 계시더라. 며칠 후 어머니가 돌아가시기 직전에 말씀하시더라고. 그때 무지개를 봤던 짧은 순간이 살면서

마지막 날

가장 행복했던 순간이라고. 자기한테 무지개를 띄워 보여줘서 고마웠다고."

지금까지 살아오면서 단 한 번도 죽음에 대해 진지하게 생각해본 적이 없었다. 어머니와 아버지를 언젠가 죽음으로 떠나보낼 날이 온다는 것도, 나 역시 언젠가 죽음을 맞을 날이 온다는 것도. 당연한 이야기인데 왜 나와는 먼 이야기라고 여기며 살아왔던 걸까. 문희주의 이야기는 무거우면서도 새롭게 들렸다.

"어머니 장례를 치르면서 깨달은 건데, 판단하기 어려울 때 죽음을 기준으로 판단하면 많은 고민이 줄어든다는 거였어. 내일이 내 삶의 마지막 날이라고 생각해봐. 오늘의 나는 하기 싫은 일을 억지로 하지도 않을 테고, 온종일 침대에 퍼져 잠만 자지도 않을 거야. 그때 어머니는 진심으로 무지개를 보고 싶으셨던 거야. 그러니까 아들에게 무리한 부탁을 했겠지. 자기에게 남은 시간이 너무나도 소중하니까. 우리가 죽을 때 가지고 갈 수 있는 것은 기억 말고는 아무것도 없잖아. 사장한테 섭섭하다는 이유만으로 회사를 그만두는 게 아냐. 하고 싶었던 일에 한 번쯤은 최선을 다해보고 싶어졌어."

죽을 때 기억 외에 가지고 갈 수 있는 게 없다면, 우리는 뭐 하러 아등바등 사는 걸까? 문희주의 말이 다소 허무하게 들렸다.

"죽음으로 모든 게 끝난다면, 인생에 무슨 의미가 있는 걸까요."

"글쎄. 인생에서 굳이 의미를 찾을 필요가 있을까? 쟤네 좀 봐."

문희주는 단체석 테이블을 가리켰다. 그 테이블에선 가족 단위로 온 손님이 식사하며 아이의 재롱을 보고 웃고 있었다.

"어렸을 때 찢어지게 가난했지만 불행하다는 생각은 안 해봤거든. 어린애들은 왜 살아야 하는지 고민하지 않아. 그냥 하루하루가 놀이야. 그런 마음으로 살면 굳이 인생의 의미가 무엇이냐는 심각한 질문을 할 필요도 없다는 게 내 개똥철학이야. 아까 왜 자전거 국토종주를 시작했냐고 물었지? 유튜브로 국토종주 영상을 봤는데 재미있어 보이더라. 그래서 나도 해보고 싶었어. 그게 다야. 그런데 생각보다 엄청 힘들더라고."

문희주가 자기의 빈 잔과 내 빈 잔에 차례로 소주를 따랐다.

"아까 내게 고맙다고 했지? 나는 오히려 너희에게 그런 마음이야. 너희가 나를 뒤따라오고 있다는 걸 몰랐다면 나는 아마 이화령쯤에서, 적어도 낙동강에서 국토종주를 포기했을 것 같아. 너희를 속이고 골탕 먹이려면 나도 부지런히 움직일 수밖에 없었거든. 근데 나중에는 달리다

보니 완주하고 싶은 욕심이 생겼고, 니희와 함께 달리고 있다고 생각하니 혼자 페달을 밟아도 외롭지 않았어. 덤으로 재미도 느낄 수 있었고. 내가 지나온 길을 인스타그램에 올리면, 너희도 그걸 이정표 삼아 따라와서 나와 만나게 되지 않을까 기대했어."

어젯밤 겨우 멧돼지를 피해 남지읍에 도착한 뒤 바닥에 쓰러졌을 때 본 별똥별이 머릿속을 스쳐 지나갔다. 별똥별이 밤하늘을 가르며 내던 휘파람 소리도 귓가에 환청처럼 들렸다.

"어제 자전거를 타다가 문득 이런 생각이 들더라고요. 살아 있다는 건 그 자체만으로도 참 좋은 거라고. 아름다운 거라고. 특별한 이유나 논리는 없어요. 그냥 그런 생각이 저절로 들었어요."

"맞아. 살아 있다는 건 그 자체만으로도 참 좋은 거야. 아름답고."

나는 잔을 들어 문희주에게 건배를 청했다.

"과장님의 꿈을 응원합니다!"

문희주는 천천히 고개를 저었다.

"아니지. 아직은 아니지. 여기까지 왔는데 할 일을 마저 해야지?"

"할 일요?"

문희주는 오른손 엄지로 자기를 가리켰다.

"사장한테 연락해. 나 데리고 회사로 갈 거라고."

나는 문희주의 예상치 못한 반응에 들었던 잔을 놓칠 뻔했다.

"과장님이 왜 회사로 가요?"

문희주의 얼굴에 장난기가 어렸다.

"갈 땐 가더라도 사장을 골탕 먹이고 가려고. 사장이 나를 데려오면 연봉 천만 원 올려준다고 각서를 썼다며? 연봉 인상 시도 안 할 거야?"

"과장님은 로또에 당첨되지도 않으셨잖아요?"

문희주는 얄밉게 어깨를 으쓱거렸다.

"사장 혼자 내가 로또에 당첨됐다고 착각한 거잖아. 사장이 각서에 나를 데려오면 연봉을 올려준다고 썼지, 로또에 당첨된 나를 데려와야 연봉을 올려준다고 쓰진 않았잖아? 안 그래?"

"그 말도 일리가 있긴 한데, 사장이 받아들이겠어요?"

"받아들이면 땡큐이고, 받아들이지 않아도 손해 볼 거 없잖아. 그래서 나를 추노 안 할 거야?"

나는 휴대전화에서 오제일의 전화번호를 찾아 통화버튼을 눌렀다.

"그러게요. 여기까지 왔는데 뭘 어쩌겠어요."

마지막 날

창녕함안보   양산 물문화관

낙동강하굿둑

에필로그

일주일 만에 사장실에서 만난 오제일은 문희주를 보자마자 구두계약도 계약이라며 지바겐을 내놓으라고 닦달했다. 문희주는 각서에 적힌 대로 내 연봉을 인상하는 계약서부터 쓰라고 맞섰다. 오제일이 급하게 내 연봉계약서를 고치자, 문희주는 나를 사장실 밖으로 내보냈다. 잠시 후 사장실 밖으로 오제일의 분노에 찬 고성이 들려왔다. 문희주가 지갑에서 로또 복권을 꺼내 오제일에게 보여줬음을 직접 눈으로 확인하지 않아도 알 수 있었다. 오제일은 내 연봉 인상이 무효라고 길길이 날뛰었지만, 어째서인지 바뀐 연봉 계약은 그대로 유지됐다. 며칠 후 경리팀에서 나와 눈이 마주친 임정연이 내게 엄지를 들어 보이며 윙크를 했다. 여산정공의 진짜 실세가 누구인지 다시 한번 확인할 수 있던 순간이었다.

심준호는 치밀하고 집요했다. 오제일이 퇴직금을 지급하지 않자 심준호는 노동청에 진정을 접수했다. 오제일은 근로감독관에게 다짜고짜 심준호가 퇴직금을 포기했다고 주장했으나 먹힐 리가 없었다. 그러자 오제일은 가진 돈이 없으니 퇴직금을 지급하지 못하겠다며, 합의하면 절반은 주겠다고 심준호를 회유했다. 시간도 많고 돈도 많은 심준호는 꿈쩍도 하지 않았다. 이에 오제일은 12개월 동안 퇴직금을 분납하겠다고 버텼지만 근로감독관은 분납 기간을 3개월로 줄이고 이를 받아들이지 않으면 형사로 넘기겠다고 으름장을 놓았다. 심준호는 늦게나마 받아야 할 퇴직금 전액을 모두 받고 지연이자까지 챙기며 여산정공과 인연을 끊었다.

우희철은 연봉 500만 원 인상을 약속받고 전에 다니던 직장으로 되돌아갔다. 오제일은 이듬해에 연봉을 큰 폭으로 올려주겠다면서 앞으로 확실히 키워줄 테니까 끝까지 함께 가자고 우희철을 회유했다. 하지만 그 말에 흔들릴 만큼 우희철은 순진하지 않았다. 우희철은 큰 폭이란 게 구체적으로 얼마나 되는지 밝히고 각서를 쓰라고 오제일을 압박했다. 오제일은 큰 폭이라는 말만 반복하며 우희철의 바짓가랑이를 붙잡다가 포기했다.

오제일은 원하지 않던 연봉 인상에 대한 복수라도 하듯 우희철의 업무 일부를 내게 떠넘겼다. 나는 생산팀 업무를 어떻게 품질관리팀 업무와 병행하느냐고 반발했지만 오제일은 막무가내였다.

잇따른 인력 유출과 오제일의 즉흥적인 경영으로 어수선했던 회사는 핵폭탄을 맞으면서 새로운 국면에 봉착했다. 뇌관은 늘 조용하던 김용범이었다. 재무회계팀이었던 김용범은 영업팀이었던 이재유의 업무 일부를 떠맡았는데, 포괄임금제 때문에 아무런 추가 수당도 받지 못한 채 과도한 업무로 시달렸다. 김용범은 국민신문고에 여산정공이 여성기업에 주어지는 다양한 지원금을 타 먹으려고 서류상 대표이사를 오제일이 아닌 노혜림으로 등록했다고 폭로했다. 회사에서 별다른 일을 하지 않는 노혜림이 연봉 1억5천만 원, 누구인지 정체를 알 수 없는 등기임원 세 명도 연봉 8천만 원을 받고 있다는 폭로는 덤이었다. 지역 신문이 이를 기사화하는 과정에서 오제일이 여성 직원을 성추행했다는 증언까지 제보돼 사태가 일파만파 커졌다.

기사 보도는 오제일과 노혜림의 이혼소송으로 번졌다. 이후 오제일은 회사 경영에서 손을 뗐고, 노혜림도 이 같은 상황에 질렸는지 회사 주식 자기 지분 전부를 임정연에게 팔았다. 임정연은 대표이사 자리에 올라 임직원들에게 충격을 안겼다. 임정연은 회사에서 가장 오래 일한 경영지원팀 출신 상무에게 부사장 자리를 맡겨 강도 높은 구조 조정과 부서 개편을 추진했다. 이 과정에서 나는 본래 업무인 품질관리 업무에 집중할 수 있게 됐고, 업무 효율도 이전보다 훨씬 높아졌다. 점점 회사가 회사답게 돌아가는 분위기가 직원들의 피부에 와닿자, 임정연의 경영 능력을 의심하던 목소리도 쑥 들어갔다.

불완전하게 마친 자전거길 국토종주는 내 마음 한구석에 늘 밀린 숙제처럼 남아 있었다. 폭풍 같았던 가을과 겨울이 지나 봄이 오니, 인증수첩에 도장을 모두 찍어 국토종주 인증메달을 받고 싶다는 욕심이 새싹처럼 올라왔다. 다가오는 금요일에 연차를 내 주말 포함 사흘 연속 휴일을 만들기로 하고 자전거를 꺼내 체인에 새로 기름칠을 했다. 오랜만에 통화한 이재유가 금요일 아침 청주를 출발해 작업실이 있는 파주로 돌아갈 예정이니 용인에 들러 자전거를 싣고 정서진까지 데려다주겠다고 했다. 정서진까지 자전거를 가지고 이동할 방법을 고민하던 중이었는데 고마운 일이었다.

몇 달 만에 다시 만난 이재유는 회사를 다닐 때보다 훨씬 얼굴이 좋아 보였다. 차는 여전히 모닝 밴이었다. 앞바퀴와 뒷바퀴를 빼고 핸들을 꺾으니 겨우 짐칸에 자전거가 들어갔다. 이재유는 운전석에 앉자마자 문희주 이야기부터 꺼냈다.

"상익 씨도 과장님이 오디션에 나온 거 봤지? 정말 멋지더라."

"당연하죠. 본방 사수하고 있습니다."

문희주는 한 공중파 방송국이 기획한 대국민 연기자 오디션 프로그램에 출연해 상황극 연기로 화제를 모았다. 특히 고객 응대 상황극에서 맡은 진상 고객 역할 연기 영상은 유튜브 쇼츠, 인스타그램 릴스로 퍼지며 명품 연기라는 찬사를 받았다. 이와 더불어 투병 중인 어머니를 위해 세차장에서 무지개를 만들었던 일화 등 인간미 넘치는 사연까지 소개되며 화제의 중심으로 떠올랐다. 이런 관심과 인기를 바탕으로 문희주는 최근 방송에서 상위 열 명에 이름을 올리는 성과를 이뤄냈다.

"나도 과장님의 활약에 자극받아서 얼마 전에 만든 곡이 있어. 한번 들어볼래?"

"물론이죠!"

이재유가 카오디오를 조작하며 말했다.

"제목은 '도시의 밤'이야. 좀 촌스럽지?"

스피커에서 낮게 깔린 베이스 연주가 몇 마디 이어지다가 그 위에 노래가 더해졌다.

차가운 바람은 내게, 회색빛 코트를 입히고, 도시의 향기를 바르네.

베이스 연주에 드럼 연주가 자연스럽게 어우러지면서 탄탄한 리듬을 쌓고, 화려한 기타 연주가 리듬 사이에 스며들어 강렬함을 더했다.

더러운 강물은 내게, 힘겨운 손짓을 하며, 돌아가라 말하지만, 나는 갈 곳이 없어, 나는 머물 곳이 필요해.

특히 후렴구 가사가 내 이야기 같아 귀에 박혔다.

난 초대장 없이 여기에 왔지만, 그건 나에게 중요치 않아. 이제는 나의 길을 찾겠어. 끝없는 외침. 뒤돌아보며 후회는 않아.

처음 듣는 노래인데도 여운이 강해 멜로디와 가사가 기억에서 쉽게 지워지지 않았다.

"와…… 멋진데요? 진심으로. 처음 듣는데도 후렴이 뭔가 가슴을 후벼 파네요."

이재유는 기쁜 표정을 숨기지 못했다.

"그렇게 들어줘서 정말 고마워. 힘이 나네."

"좋은 걸 좋다고 하는 건데요, 뭐."

이재유는 운전석 창문을 살짝 열고 담배를 피워 물었다.

"뜬금없긴 한데, 나는 과장님을 보면서 잠자리가 생각나더라."

"네? 잠자리는 왜요?"

"예전에 어떤 다큐멘터리에서 본 건데, 지구상에서 가장 비행을 잘하는 생물이 잠자리래."

잠자리는 앞날개 두 장과 뒷날개 두 장을 가지고 있는데, 이 네 장의 날개를 각각 따로 움직일 수 있다고 이재유가 설명했다. 그 덕분에 방향 전환은 물론 정지비행, 급선회, 급강하, 급상승, 상하좌우 이동, 심지어 후진 비행까지 가능하다는 추가 설명도 더해졌다.

"더 신기한 게 뭔 줄 알아? 날개를 접을 수 없는 곤충이 접을 수 있는 곤충보다 더 오래된 곤충이라는 거야. 날개를 접지 못하는 잠자리는 한마디로 구닥다리라는 거지. 그런데 어떻게 접을 수 없는 날개로 접을 수 있는 날개보다 더 멋진 비행을 하는 걸까. 그게 진화의 결과래. 기존의 불완전함 위에 새로운 불완전함을 반복해 얹으며 세상에 적응하는 것, 그게 진화라는 거야."

이재유의 말은 세상 모든 게 불완전한 것들로 이뤄져 있다는 의미로 들렸다. 우리의 삶은 영화나 드라마처럼 리셋하거나 과거로 회귀할 수 없다. 좋든 싫든 주어진 환경에서 지금의 모습으로 살아갈 수밖에 없다. 그렇다면 삶이란 불완전함을 받아들이는 과정이고, 아름다움은 그 삶을 사랑할 수 있을 때 비로소 느낄 수 있는 선물이 아닐까. 문득 차창 밖으로 스쳐 지나가는 세상이 눈부시게 아름다워 보였다.

왓 어 원더풀 월드

초판 1쇄 발행 · 2024년 5월 15일

지은이   정진영
펴낸이   김요안
편집   강희진
디자인   부추밭

펴낸곳   북레시피
주소   서울시 마포구 신수로 59-1
전화   02-716-1228
팩스   02-6442-9684
이메일   bookrecipe2015@naver.com | esop98@hanmail.net
홈페이지   https://bookrecipe.modoo.at
등록   2015년 4월 24일(제2015-000141호)
창립   2015년 9월 9일

ISBN 979-11-93551-16-5 03810

종이 · 화인페이퍼   인쇄 · 삼신문화사   후가공 · 금성LSM   제본 · 대흥제책